COLECCIÓN
MISTERIO

La búsqueda onírica de la desconocida Kadath

H. P. Lovecraft

TRADUCCIÓN: BENJAMIN BRIGGENT

Plutón
Ediciones

© Plutón Ediciones X, s. l., 2025

Diseño de cubierta: Alejandro Díaz
Maquetación: Saul Rojas

Edita: Plutón Ediciones X, s. l.,

           E-mail: contacto@plutonediciones.com
           http://www.plutonediciones.com

I.S.B.N: 978-84-10233-83-6
Depósito Legal: B-23380-2024

Impreso en España / Printed in Spain

ESTUDIO PRELIMINAR

Howard Phillips Lovecraft vino al mundo en Providence, capital del Estado de Rhode Island (E.E.U.U.) en 1890. Su padre era un rico comerciante de metales preciosos y joyería y su madre pertenecía a una rancia estirpe pionera, pues sus ancestros se remontaban casi hasta los peregrinos del Mayflower.

Debido a la edad de ambos cónyuges primerizos, que ya contaban los treinta años, su madre decidió darle a su único hijo a una disciplina férrea, sobre todo, a partir del fallecimiento de su marido cuando Lovecraft tenía apenas ocho años, víctima de una crisis nerviosa desencadenada cinco años atrás. Además de su apabullante madre, también intervinieron en la educación del pequeño, sus dos tías y su abuelo materno, que era el único que realmente le comprendía, los cuales convivían en su casa familiar. Así, no es de extrañar que el pequeño H.P., que había heredado la misma constitución nerviosa que su padre, se evadiera desde muy pequeño de la férula educativa, rodeado por parajes sombríos y apartados para hacer vagar a sus anchas su desbordante imaginación. Se ensimismaba en la observación de sorprendentes detalles y llenaba el escenario de hadas y personajes sobrenaturales.

Tenía catorce años cuando su abuelo falleció y, sumado al hecho de que se vieron obligados a abandonar su hogar por escasez económica, Lovecraft vio su salud mental seriamente afectada, tanto que incluso llegó a considerar el suicidio como una opción.

Durante esos momentos tan duros, decidió recluirse en casa y escribir y, en 1906 una carta suya sería publicada en el Providence Journal, a esta le seguirían otras publicaciones del estilo y, para cuando Lovecraft regresó al colegio ya tenía cierta fama.

Empezó a escribir poesía y ensayos a partir de 1908 mientras permanecía recluido voluntariamente en casa, rara vez salía antes de caer la noche y estaba desarrollando una vida de ermitaño, hasta que, en 1914 una carta escrita por él para la revista de ficción *The Argosy* captó la atención Edward F. Daas, presidente de la *United Amateur Press Association* (*UAPA*). Fue invitado a unirse a la organización y a partir de entonces empezó a escribir más regularmente. Durante esta etapa conoció la literatura de Edgar Allan Poe y redactó sus primeros cuentos.

Con el apoyo de la *UAPA*, Lovecraft dio sus primeros pasos como escritor profesional, publicando un relato por primera vez en *The Amateur*.

Tras un matrimonio fallido y una triste vida neoyorquina, Lovecraft regresó a Providence a la casa de sus tías. Y esta época sería la de mayor producción literaria, pues fue cuando escribió las que son hoy sus obras más conocidas y famosas. A partir de ahí tomaría el vuelo como una voz muy importante en el género de terror y misterio, del que sería uno de sus más grandes exponentes, sobre todo después de su muerte y por el extenso legado de su obra.

H. P. Lovecraft falleció por una enfermedad muy prolongada el 15 de marzo de 1937. Murió casi en la pobreza debido a las dificultades económicas producidas por su vida literaria y la mala administración de sus bienes heredados.

La búsqueda onírica de la desconocida Kadath

Esta novela corta fue escrita, probablemente, sobre otoño de 1926 y terminada en 1927 y jamás sería publicada en vida del autor. Esta es la historia más larga en la que aparece Randolph Carter, personaje que fue un gran soñador en su juventud y que ocupa su tiempo como detective y escritor de lo sobrenatural. Así pues, el protagonista, que es un alter ego del propio Lovecraft, inicia un viaje a través del mundo de los sueños buscando una ciudad que se dice que es tan maravillosa que únicamente está al alcance de los dioses. A lo largo de su viaje por encontrar la ciudad, Randolph deberá hacer frente a situaciones y criaturas terribles, cuyo poder y maldad resultan espeluznantes.

La búsqueda onírica
de la desconocida Kadath

En tres oportunidades soñó Randolph Carter con la sorprendente ciudad y tres veces fue arrancado súbitamente del sueño cuando se hallaba en la alta terraza que la dominaba. Resplandecía toda con los dorados reflejos del sol poniente, las murallas, los templos, las columnatas y los puentes de jaspeado mármol, las fuentes de tazas plateadas y surtidores prismáticos que decoraban las grandes plazas y los olorosos jardines, las grandes avenidas bordeadas de delicados árboles, de jarrones llenos de flores, y de estatuas de marfil expuestas en filas resplandecientes. Por las colinas del norte subían filas y filas de rojos tejados y viejas buhardillas picudas, entre las que quedaban resguardados los pequeños callejones empedrados ocupados por la hierba. Había una conmoción divina, un clamor de trompetas celestiales y un estallido de campanas inmortales. El misterio cubría la ciudad, igual que las nubes cubren una fabulosa montaña inexplorada y mientras Carter, con la respiración contenida, se hallaba apoyado en la baranda de la terraza, se sintió asaltado por la angustia y la nostalgia de unas memorias casi olvidadas, por la tristeza de las cosas perdidas y por la urgente necesidad de encontrar de nuevo el que algún día fuera un sitio importante y pavoroso.

Sabía dentro de sí, que aquel lugar tuvo alguna vez un significado importante, pero no lograba recordar en qué momento ni en qué encarnación lo había visitado, tampoco si había sido en sueños o despierto. Vagamente distinguía una fugaz evocación de una primera juventud lejana y olvidada, en la que el disfrute y la maravilla llenaban el misterio de los días. Y el anochecer y el amanecer avanzaban bajo un ritmo igualmente impaciente y adivinatorio de laúdes y canciones, mostrando las puertas ardientes hacia nuevas y extraordinarias maravillas. Pero cada noche en que se hallaba en esa elevada terraza de mármol, adornada con extraños jarrones y maderas esculpidas, y observaba bajo una tranquila puesta de sol la belleza sobrenatural de la ciudad, sentía la prisión en la que le tenían los tiranos dioses del sueño, de ninguna manera podía abandonar aquel elevadísimo sitio para bajar por la interminable escalera de mármol hasta aquellas callejuelas impregnadas de viejos hechizos que lo encantaban...

Cuando despertó la tercera vez sin haber bajado por aquellos escalones, sin haber caminado por aquellas serenas calles en el atardecer, oró larga y fervientemente a los furtivos dioses del sueño que meditan seriamente sobre las nubes que cubren la desconocida Kadath, ciudad de la helada inmensidad jamás pisada por el hombre. Pero los dioses no le contestaron, ni se apiadaron, ni le dieron ninguna señal favorable cuando les rogó en sueños, ni cuando les prometió sacrificios por medio de los sacerdotes de larga barba Nasht y Kaman-Thah, cuyo templo subterráneo, donde se adora una columna de fuego, se halla no muy lejano de las puertas del mundo despierto. Al contrario, parecía que sus demandas habían sido escuchadas con molestia, ya que desde la primera oración radicalmente dejó de observar la maravillosa ciudad, como si sus tres pasadas visiones le hubieran sido permitidas por casualidad o por descuido, en contra de algún designio o secreto deseo de los dioses.

Al final, enfermo de tanto anhelar las radiantes avenidas y los callejones de la ladera, escondidos entre aquellos viejos tejados que ni dormido ni despierto podía alejar de su espíritu, Carter decidió alcanzar el lugar donde ningún otro ser humano se había atrevido llegar y cruzar los helados y oscuros desiertos donde la desconocida Kadath, cubierta de nubes y coronada con olvidadas estrellas, protege el nocturno y secreto castillo de ónice donde viven los Grandes Dioses.

En uno de sus sutiles sueños, bajó los setenta peldaños que llevan hasta la caverna de fuego y le contó su proyecto a los sacerdotes de larga barba Nasht y Kaman-Thah. Y los sacerdotes, vestidos con sus tiaras movieron negativamente su cabeza, presagiando que sería la muerte de su alma. Le explicaron que los Grandes Dioses ya habían manifestado sus deseos y que no les gustaría sentirse abrumados por insistentes ruegos. También le recordaron que, no solo nunca había llegado ningún hombre a Kadath, sino que nadie podía saber dónde se encontraba, si en los lugares de sueño que envuelven nuestro mundo o en aquellos lugares que rodean alguna inadvertida estrella cercana a Fomalhaut o a Aldebarán. Si se hallara en la región de nuestros sueños, sería posible llegar a ella. Pero, desde el inicio de los tiempos, solo tres seres totalmente humanos han atravesado los abismos blasfemos y tenebrosos del sueño, y de los tres, dos volvieron absolutamente locos. En esa travesía había innumerables peligros impensados, así como una espantosa amenaza al final: el ser que ruge espantosamente más allá de los límites del ordenado universo donde ningún sueño puede alcanzar. Este perverso y amorfo ser del caos inferior, que maldice y escupe en el núcleo del infinito, no es sino el poderoso Azathoth, el emperador de los demonios cuyo nombre los labios humanos jamás osaron mencionar en voz alta, el que en inimaginables estancias oscuras, más allá de los tiempos, destruye hambriento entre los fúnebres golpes de unos tambores de locura y el agudo y monótono sonar de unas repugnantes flautas, ante cuyas percusiones y silbido bailan lentos y abrumados los gigantescos dioses finales, ciegos, mudos, tenebrosos, estúpidos, y los Dioses Otros, cuyo espíritu y mensajero es Nyarlathotep, el caos reptante.

En la gruta de fuego, los sacerdotes Nasht y Kaman-Thah advirtieron a Carter de todas estos hechos, pero él siguió resuelto a viajar en busca de la desconocida Kadath que se levanta perdida en la helada inmensidad, y de sus dioses sombríos, para poder disfrutar de la visión, de la memoria y del amparo de la maravillosa ciudad del sol del ocaso. Sabía que su viaje iba a ser insólito y prolongado, y que los Grandes Dioses se resistirían a ello, pero estando acostumbrado a los sueños, Carter contaba con la ayuda de muchos recuerdos ventajosos y útiles maniobras. Así que, tras pedirle a los sacerdotes su ceremoniosa bendición y planear con astucia su expedición, bajó valientemente los trescientos peldaños que conducen al pórtico del sueño profundo y comenzó su viaje a través del bosque encantado.

En los agujeros de ese denso bosque, cuyos portentosos robles tantean y entretejen sus ramas en el aire y cuyas sombras brillan con la apagada fosforescencia de unos hongos extraños, viven los sigilosos y silenciosos zoogs. Estos seres conocen un sinnúmero de secretos de la región de los sueños y también mucho del mundo despierto ya que el bosque limita con las tierras de los hombres por dos lugares, pero sería funesto decir cuáles. Algunos rumores inexplicables y algunos accidentes y desapariciones suceden entre los hombres, allí donde los zoogs pueden acceder y por esa razón es una gran suerte que estos no puedan distanciarse demasiado de la región de los sueños. Pero, los zoogs atraviesan libremente la frontera más cercana de esta región y se escurren, negros, menudos e invisibles, para poder narrar divertidos relatos a su regreso y deleitar con ellos las infinitas horas que pasan adorando al fuego en el corazón de su amado bosque. Casi todos viven en madrigueras, aunque algunos viven en los troncos de los grandes árboles, ya que a pesar de que se nutren principalmente de hongos, se dice también que les atrae la carne, tanto la física como la espiritual. Y en efecto, en el bosque han entrado infinidad de soñadores que luego no han vuelto a salir. Pero Carter no sentía miedo, era un soñador veterano que conocía el lenguaje estridente de estos seres y había negociado muchas veces con ellos. Con ayuda de los zoogs él había descubierto la fabulosa ciudad de Celefais, situada en Ooth-Nargai, más allá de los montes Tanarios, donde durante la mitad del año gobierna el gran rey Kuranes, ser humano a quien él había conocido en la vida despierta con otro nombre. El único ser humano que había llegado hasta los abismos estelares y había vuelto en su sano juicio era Kuranes.

Así, mientras avanzaba por los delgados corredores fluorescentes que quedan entre los troncos gigantescos de ese bosque, Carter iba haciendo algunos sonidos chirriantes igual que los zoogs, y callando de cuando en cuando esperando una respuesta. Recordaba que había un poblado de zoogs en el corazón del bosque, en un área en que predominaban las grandes rocas musgosas y donde, según se decía, habían habitado anteriormente seres aún más espantosos, afortunadamente olvidados después de tanto tiempo. Así que se orientó hacia ese lugar. Reconocía el camino por los grotescos hongos que cada vez lucían más corpulentos y mejor alimentados a medida que se iba acercando al temible círculo de piedras, en cuyo centro habían danzado y habían realizado sus sacrificios los innombrables seres anteriores. Al final, el inmenso resplandor de aquellos abultados hongos mostró una funesta inmensidad verde y gris que subía hasta la espesa cúpula de la selva. Estaba muy cerca del círculo de piedras y por ello supo Carter que la aldea de los zoogs debía encontrarse a poca distancia. Reavivó sus llamadas en el chirriante lenguaje y esperó pacientemente, por fin vio recompensados sus esfuerzos al notar que lo vigilaba una multitud de ojos. Eran los zoogs, cuyos fantasmagóricos ojos brillan en la oscuridad mucho antes de que puedan notarse sus siluetas oscuras, deterioradas y resbaladizas.

Salieron en abundancia de sus madrigueras y de los huecos árboles y eran tan abundantes que ocuparon todo el espacio iluminado. Los más feroces lo rozaron desagradablemente y uno de ellos llegó a darle un horrible mordisco en una oreja, pero estos irrespetuosos y trastornados seres fueron controlados muy pronto por los más viejos y equilibrados. El concejo de los sabios, al reconocer al visitante, le brindó una calabaza llena de savia fermentada de un mágico árbol que era diferente a todos los demás, y que había nacido de una semilla originaria de la luna. Y después de que Carter bebió ceremoniosamente comenzó una extraña conversación. Desgraciadamente, los zoogs no sabían dónde se hallaba la cima de Kadath, ni podían decirle si la helada inmensidad se encontraba en nuestro País de los Sueños o en otro. Se decía que los Grandes Dioses se muestran sin distinción en cualquier parte y solo uno de los zoogs pudo decirle que era más común observarlos en los picos de las altas montañas que en los valles, ya que en esos picos realizan sus danzas rituales cuando la luna resplandecía sobre ellos y las nubes los separan de las tierras bajas.

Entonces un zoog que era muy anciano recordó algo que los demás desconocían y dijo que en Ulthar, al otro lado del río Skai, todavía se hallaba un último libro de los *Manuscritos Pnakóticos*, copiado por hombres del mundo despierto en algún olvidado territorio boreal y llevado a la región de los sueños cuando los peludos caníbales llamados *gnophkehs* conquistaron Olathoe, la tierra de los templos infinitos y eliminaron a todos los héroes del país de Lomar. Dijo, que esos manuscritos eran inimaginablemente antiguos y hablaban mucho de los dioses y, que además en Ulthar, había quienes habían observado las pisadas de los dioses. Además vivía un sacerdote que había subido una gran montaña para observarlos danzar bajo la luz de la luna. Dichosamente, había fallado en su intento, pero un acólito suyo que logró verlos había muerto horriblemente.

Randolph Carter agradeció a los zoogs esta información, que lanzaron amistosos chirridos y le obsequiaron otra calabaza de vino lunar para que la llevara consigo, y retomó el camino a través del bosque fluorescente, en dirección al lado opuesto, donde las turbulentas aguas del Skai caen por las pendientes de Lerion, de Hatheg, de Nir y de Ulthar y se calman después en la llanura. Detrás de él, huidizos, escondidos y curiosos, se movían varios zoogs que querían saber lo que le ocurriría para poder narrarlo después a los suyos. Los inmensos robles se fueron haciendo más pesados y tupidos a medida que se alejaba del poblado, por lo que llamó su atención un sitio donde se notaban mucho más ralos, estropeados y moribundos, como sofocados entre una inmensa cantidad de hongos deformes, follaje podrido y madera de sus hermanos muertos. Aquí tuvo que desviarse bastante, porque en ese sitio había enterrada en el suelo una gran losa de piedra. Y mencionan quienes habían osado a acercarse a ella, que tiene un aro de hierro de un metro de diámetro. Evocando el viejo círculo de rocas musgosas y la razón por la cual fue levantado posiblemente, los zoogs no se pararon junto a la losa de colosal argolla. Sabían que no todo lo que fue olvidado desapareció necesariamente, y no sería agradable ver a esa losa levantarse lentamente.

Carter giró al escuchar detrás de sí los asustados chirridos de algunos zoogs. Ya sabía que lo seguían y por ello no se inquietó, uno se habitúa rápido a las rarezas de esos seres fisgones. Al salir del bosque se vio sumergido en una luz vespertina cuyo progresivo resplandor advertía que estaba amaneciendo. Por sobre las fértiles llanuras que bajaban hasta el Skai, y por todos lados, se extendían las cercas y los campos sembrados y los techos de paja de aquel reposado país. Una vez, se paró en una granja para pedir un trago de agua y los perros ladraron asustados por los invisibles zoogs que se movían en la hierba detrás de él. En otra casa, donde las personas estaban afanadas, preguntó si conocían algo de los dioses y si bailaban con frecuencia en la cima de Lerion, pero el granjero y su mujer se limitaron a hacer la señal arquetípica y sin palabras le señalaron el camino que conducía a Nir y a Ulthar.

A mediodía caminaba por la calle principal de Nir, donde había estado con anterioridad. Esta ciudad era el lugar más lejano que él había conocido tiempo atrás en esa dirección. Más tarde llegaba al gran puente de piedra que cruza el Skai, en cuyo espacio central los constructores habían concluido su obra con el sacrificio de un ser humano hacía mil trescientos años. Ya del otro lado, la abundante presencia de gatos, que erizaban sus lomos al paso de los zoogs, advirtió la cercanía de Ulthar, pues de acuerdo con una antigua y muy importante ley, en Ulthar nadie puede matar ni un solo gato. Los alrededores del Ulthar eran encantadores, con sus casitas de techo de paja y sus granjas de claros cercados, y aún más interesante era el propio pueblito, con sus antiguos tejados puntiagudos y sus pintorescas fachadas, con sus incontables chimeneas y sus angostos callejones empinados cuyo viejo pavimento de piedra podía observarse allí donde los gatos dejaban un espacio libre. Cuando los gatos percibieron la presencia de los zoogs se retiraron y Carter se orientó directamente al sencillo templo de los Grandes Dioses, donde, según se contaba, estaban los sacerdotes y los antiguos archivos, y luego, adentro de la respetable torre circular vestida de hiedra y que adorna la colina más alta de Ulthar, buscó al obispo Atal, aquel que había subido al prohibido pico de Hatheg-Kla en el desierto de piedra y había regresado vivo.

Atal, sentado en su silla de marfil cubierta de dosel, en la capilla adornada de joyas, que ocupa la parte más alta del templo, tenía más de trescientos años de edad, aunque todavía mantenía su picardía de espíritu y toda su memoria. Carter supo de su boca muchas cosas sobre los dioses, sobre todo, que estos son dioses de la Tierra, los cuales despliegan un endeble poder sobre el mundo de nuestros sueños y no tienen ningún otro dominio ni habitan en ningún otro lugar. Podían responder el ruego de un hombre si estaban de buen humor, pero no debía tratarse de alcanzar su fortaleza, que se levantaba en lo más alto de Kadath, ciudad de la helada inmensidad. Era una fortuna que ningún hombre supiera la localización precisa de las torres de Kadath, porque cualquier viaje hasta ellas podría haber traído consecuencias muy graves. Barzai el Sabio, acólito de Atal, había sido arrancado, gritando de terror, por las fuerzas del cielo solo por haberse atrevido a subir el conocido pico de Hatheg-Kla. En lo relativo a la desconocida Kadath, si algún humano llegara a encontrarla, la cosa sería peor, porque aunque algunas veces los dioses de la Tierra logran ser sometidos por algún sabio mortal, ellos están resguardados por los Dioses Otros del exterior, de los que es mejor no hablar. Un par de veces al menos, en la historia del universo, los Dioses Otros han dejado su impronta grabada en el granito fundamental de la tierra —la primera en los tiempos prehistóricos— según podía concluirse de algunos grabados de aquellos inconclusos *Manuscritos Pnakóticos*, cuyo texto es demasiado arcaico para lograr entenderlo, y otra, en el Hatheg-Kla, cuando Barzai el Sabio quiso observar la danza de los dioses de la tierra bajo la luz de la luna. Por lo que —dijo Atal— era mucho mejor dejar tranquilos a los dioses y reducirse a elevarles plegarias discretas.

Carter aunque desilusionado por los atemorizantes consejos de Atal y la poca ayuda que le brindaron los *Manuscritos Pnakóticos* y los *Siete Libros Crípticos* de Hsan, no abandonó toda la esperanza. Primero, le preguntó al viejo sacerdote sobre aquella estupenda ciudad del sol poniente que observaba desde una terraza bordeada de barandas, pensando que quizá lograría encontrarla sin la asistencia de los dioses, pero Atal no pudo decirle nada. Seguramente —le dijo Atal— ese lugar correspondía al mundo de sus sueños personales y no al mundo común de los sueños, y lo más probable es que se encontrara en otro planeta. Y en ese caso, ni los dioses de la tierra podrían orientarlo aunque lo desearan. Pero tampoco eso era seguro, ya que la interrupción de sus sueños en tres oportunidades revelaba que en él había algo que los Grandes Dioses querían esconder.

Entonces Carter hizo algo censurable, brindó a su piadoso anfitrión tantos tragos del vino lunar que le dieron los zoogs, que el anciano se tornó inconscientemente comunicativo. Libre de su natural prudencia, el pobre Atal se puso a conversar con total libertad de temas prohibidos y le mencionó una gran imagen que, según decían los viajeros, está tallada en la sólida piedra del monte Ngranek, ubicado en la isla de Oriab en el Mar Meridional, y le dio a entender que era posible que fuera un retrato que los dioses de la tierra habían realizado de su propio semblante en los días que danzaban bajo la luz de la luna sobre la cúspide de aquella montaña. Y agregó hipando que la fisonomía de aquella imagen es muy singular, de forma que podía identificarse perfectamente y era una muestra inequívoca de la verdadera raza de los dioses.

A Carter se le manifestó de inmediato la utilidad de toda esta información. Es sabido que disfrazados, los más jóvenes de los Grandes Dioses con frecuencia se casan con las hijas de los hombres, de manera que, junto a los límites de la helada inmensidad donde se eleva Kadath, los campesinos todos tienen sangre divina. Por lo que una manera de descubrir el lugar donde se halla Kadath sería ir a ver el rostro de piedra de Ngranek y observar bien sus rasgos. Después de haberlos guardado cuidadosamente en la memoria, tendría que encontrar esos rasgos entre los hombres vivos. Y allí donde se descubran los más claros y evidentes será el lugar más próximo al hogar de los dioses. Así, el helado desierto de piedra que se extiende más allá de estos poblados será sin dudarlo el lugar donde se encuentra Kadath.

En estas regiones uno puede enterarse de muchas cosas sobre los Grandes Dioses, ya que quienes lleven su sangre bien pueden haber adquirido, igualmente, pequeños recuerdos muy valiosos para un investigador. Es posible que los habitantes de estas regiones desconozcan su vínculo con los dioses, porque a ellos les desagrada tanto ser reconocidos por los hombres, que entre estos no hay ninguno que haya observado el rostro de aquellos, cosa que Carter observó más adelante cuando intentó remontar el monte Kadath. Sin embargo, estos hombres de sangre divina sin duda tendrán reflexiones singularmente elevadas que sus acompañantes no llegarán a comprender y sus cantos hablarán de paisajes lejanos y de jardines diferentes a todos aquellos que son conocidos, inclusive en el País de los Sueños, que las personas comunes los tomarán por dementes. Esto tal vez le servirá a Carter para descubrir alguno de los antiguos secretos de Kadath, o para lograr alguna mención de la maravillosa ciudad del sol poniente que los dioses protegen en secreto. Más aún, si se presentaba la oportunidad, podría tomar como rehén a un hijo amado de los dioses, o hasta capturar a un joven dios de los que habitan disfrazados entre los hombres, esposados con hermosas campesinas.

Pero Atal no sabía cómo llegaría Carter hasta el monte Ngranek, en la isla de Oriab, y le recomendó que siguiera el curso del Skai, cantarín bajo los puentes, hasta su confluencia con el Mar Meridional donde nunca ha llegado ningún oriundo de Ulthar, pero de donde proceden mercaderes en barcas o en largas caravanas de mulas y carromatos de pesadas ruedas. Allí se levanta una gran ciudad llamada Dylath-Leen, pero que tiene pésima reputación en Ulthar debido a las negras embarcaciones que llegan a su puerto cargados de rubíes, venidos de confines desconocidos. Los comerciantes que llegan en esas galeras a negociar con los joyeros son humanos o casi humanos, pero jamás se han visto a los remeros. Y en Ulthar no se considera prudente negociar con estos mercaderes de negros barcos que llegan de costas desconocidas y cuyos remeros nunca salen a la luz.

Después de narrar todo esto, Atal se quedó adormecido. Carter lo acostó suavemente en su lecho de ébano y le ordenó decorosamente su larga barba sobre el pecho. Al retomar su camino, notó que no le seguía ningún sonido oculto y se preguntó por qué razón los zoogs habrían dejado de seguirlo. Entonces se dio cuenta de la satisfacción con que los brillantes gatos de Ulthar se lamían las fauces y recordó los chillidos, maullidos y lejanos lamentos que se habían escuchado en la parte baja del templo, mientras él oía concentrado la conversación del anciano sacerdote. Y también recordó con qué famélica apetencia había visto un joven zoog, particularmente insolente, a un gatito negro que estaba en la calle. Y como a él nada le gustaba tanto como los gatitos negros, se paró para acariciar a los formidables gatazos de Ulthar que se relamían, y no lamentó que los zoogs hubieran dejado de acompañarlo.

La tarde caía, así que Carter se detuvo en una vieja posada que daba a un inclinado callejón, desde donde se observaba la parte baja del pueblo. Se asomó al balcón de la habitación y al ver la marca de los techos rojos, los caminos de piedras y los hermosos prados que se ampliaban a lo lejos, pensó que todo era parte de un conjunto apacible y fascinante bajo la luz sesgada del ocaso y que Ulthar, sin duda alguna, sería el lugar más extraordinario para vivir, si no fuera por la memoria de aquella gran ciudad del sol poniente que lo llamaba de manera incesante hacia ciertos peligros desconocidos. Ya comenzaba a oscurecer, las rosadas paredes y las cúpulas se tornaron violáceas y espirituales y detrás de las verjas de las antiguas ventanas empezaron a prenderse lucecitas amarillas. Las campanas de la torre del templo repicaron melodiosas allá arriba y la primera estrella brilló temblorosa por sobre la vega del Skai. Con la noche llegaron las canciones y Carter afirmó en silencio cuando los vihuelistas entonaron los viejos tiempos desde los delicados balcones y los trabajados patios de Ulthar. Y seguramente se habría podido escuchar la misma dulzura en el maullido de los gatos, de no haber estado casi todos ellos pesados y sosegados a causa de su extraño banquete. Varios de ellos se escaparon sigilosamente hacia esos dominios ocultos que solo conocen los gatos y que, según los nativos, se encuentran en la cara oculta de la luna, donde ascienden desde los tejados de las casas más elevadas. Pero un gatito negro subió al cuarto de Carter y subió a su regazo para jugar y ronronear, y se durmió a sus pies cuando él se acostó en el pequeño lecho cuyas almohadas estaban rellenas de perfumadas y adormecedoras hierbas.

A la mañana siguiente, Carter se unió a una expedición de mercaderes que salía hacia Dylath-Leen con lana tejida de Ulthar y repollos de sus fecundas huertas.

Cabalgó durante seis días al ritmo de los cascabeles por un camino plano que bordeaba el Skai, durmiendo algunas noches en las posadas de los pintorescos pueblitos pesqueros y acampando otras debajo de las estrellas, oyendo el arrullo de los cantos de los barqueros que llegaban desde el reposado río. El campo era muy hermoso, con setos verdes, arboledas, bellas cabañas puntiagudas y molinos octogonales.

El séptimo día observó levantarse una borrosa nube de humo en el horizonte y luego las altas torres negras, construidas casi totalmente de basalto, de Dylath-Leen.

Desde la lejanía, Dylath-Leen, con sus delgadas torres angulares, parece una parcela de la Calzada del Gigante y sus calles son oscuras e inhóspitas. Junto a sus innumerables muelles, tiene abundantes tabernas marineras de sombrío aspecto y todas están llenas de raras personas de mar venidas de todas las partes de la tierra, y según dicen, también de fuera de ella. Carter preguntó a aquellos hombres de exóticos vestidos si sabían dónde se hallaba el pico Ngranek, de la isla Oriab, y se halló con que sí lo sabían. Varios barcos hacían el recorrido de Baharna, que es el puerto de esa isla, y uno de ellos iría para ese lugar al cabo de un mes. Desde Baharna, el Ngranek queda a dos escasos días de viaje a caballo. Pero son muy pocos los que han visto el rostro de piedra del dios, porque está ubicado en la pendiente de más difícil acceso al pico del Ngranek, en lo alto de unos despeñaderos inmensos, desde donde se observa un adverso valle volcánico. Hace tiempo, los dioses se molestaron con los hombres de aquel lugar y hablaron del asunto a los otros dioses.

No fue fácil lograr esta información de los mercaderes y de los marineros de las tabernas de Dylath-Leen, porque todos preferían conversar sobre las negras galeras. Una de ellas atracaría dentro de una semana llena de rubíes desde su desconocido puerto de origen y los habitantes de la ciudad se sentían presas del pánico solo de pensar en verlas llegar por la entrada del puerto. Los mercaderes que viajaban en esas galeras tenían la boca insolente y sus turbantes desde la frente formaban dos bultos hacia arriba que parecían concretamente desagradables. Su zapato era el más pequeño y extraño que se hubiera observado antes en los Seis Reinos. Pero lo más desagradable de todo era el tema de los nunca vistos galeotes. Aquellas tres filas de remos se agitaban con extrema agilidad, y con demasiada precisión y fuerza para que fuese algo normal, como tampoco era normal que un barco atracara en el puerto durante semanas, mientras los mercaderes hacían sus negocios, y durante ese tiempo no se viera a nadie de su tripulación. A los taberneros de Dylath-Leen no les agradaba esto, tampoco a los tenderos y carniceros, ya que nunca habían llevado a bordo la más ínfima cantidad de provisiones. Los mercaderes solo compraban oro y robustos esclavos negros, traídos por el río desde Parg. Eso era lo único que llevaban esos mercaderes de horribles rasgos y de inciertos remeros. Jamás llevaron mercancía alguna de las carnicerías o las tiendas, sino solamente oro y corpulentos negros de Parg, los cuales compraban al peso. Y el aroma que surgía de aquellas galeras, un aroma que el viento traía hasta los muelles, era indescriptible. Solo podían tolerarlo los clientes más duros de las tabernas fumando constantemente tabaco fuerte. De haber podido conseguir aquellos rubíes de otra manera, Dylath-Leen no habría tolerado nunca la presencia de aquellas negras galeras, pero ninguna mina en todo el país terrestre de los sueños los engendraba como aquellos.

Los cosmopolitas de Dylath-Leen le narraban ante todo estas cosas, mientras Carter esperaba pacientemente el barco de Baharna que lo trasladaría a la isla donde se levantan los elevados picos estériles del Ngranek. Durante ese tiempo no dejó de investigar sobre los lugares que concurrían los lejanos viajeros, buscando cualquier relato que hiciera referencia a Kadath, la ciudad de la helada inmensidad o de la sorprendente ciudad de muros de mármol y fuentes de plata que había visto desde lo alto de una terraza a la hora del ocaso. Pero nadie pudo decirle nada al respecto, aunque en alguna de las ocasiones tuvo la impresión de que un viejo mercader de ojos oblicuos le dirigió una mirada particularmente brillante al escucharlo mencionar la helada inmensidad. Este hombre tenía fama de comerciar con los pobladores de los pavorosos poblados de piedra que se alzaban en la fría y desierta meseta de Leng, nunca visitada por personas sensatas, y cuyas perversas hogueras se habían visto resplandecer durante la noche a lo lejos. Inclusive, circulaba el rumor de que tenía relaciones con ese gran sacerdote misterioso que envuelve su rostro con una máscara de seda amarilla y habita solitario un prehistórico monasterio de piedra. Era indudable que aquel personaje había tenido algún intercambio con los seres que moran en la helada inmensidad, pero Carter no tardó en comprobar que era infructuoso preguntarle.

Por aquellos días llegó al puerto la galera negra, pasó el dique de basalto y el gran faro, callada y extraña, cubierta por una rara pestilencia que el viento del sur transportaba a la ciudad. El malestar cubrió las tabernas que se comunicaban a lo largo de los muelles, y al poco tiempo, los oscuros mercaderes de boca inmensa, turbantes abultados y minúsculos pies bajaron a tierra ocultamente en busca de los locales de los joyeros. Carter los miró de cerca y mientras más los observaba, más repugnantes le parecían. Después vio cómo embarcaban por la pasarela a los fornidos negros de Parg, que subían gruñendo y sudando, y los metían dentro de aquella siniestra galera, y no pudo menos que preguntarse en qué lugar —si es que llegaban a desembarcar— estarían destinadas a trabajar aquellas corpulentas y conmovedoras criaturas.

Al tercer día de haber llegado la galera, uno de aquellos horribles mercaderes lo enfrentó y con una sonrisa obsequiosa y maliciosa, le dijo que había escuchado en la taberna que estaba haciendo algunas indagaciones. El mercader parecía saber cosas demasiado secretas para comentarlas en público y, aunque tenía una voz terriblemente odiosa, Carter percibió que no debía repudiar los saberes de un viajero que venía de tan lejos. Por eso, lo invitó a subir a una de sus habitaciones privadas y le ofreció la última porción que le quedaba del vino lunar de los zoogs para soltarle la lengua. El extraño mercader bebió copiosamente, pero no por ello dejaba de sonreír descaradamente. Luego, a su vez, sacó una rara botella que llevaba consigo y Carter tuvo oportunidad de comprobar que se trataba de un rubí tallado. El mercader le ofreció vino de esta botella a su anfitrión, y aunque Carter tan solo probó un pequeño trago, al instante sintió el vértigo del vacío y la fiebre de junglas desconocidas. El invitado no paraba de sonreír ni un instante, pero cada vez lo hacía con más descaro. Cuando Carter se hundió al fin en la oscuridad, lo último que observó fue aquel rostro siniestro contorsionado por su risa perversa, y una cosa totalmente indescriptible que salió de uno de los bultos frontales del anaranjado turbante al desenrollarse a causa de las sacudidas de aquella risa convulsiva.

Carter recobró el conocimiento en una ambiente espantosamente maloliente. Se encontraba debajo de una especie de tienda ubicada en la cubierta de un barco, y observó cómo las maravillosas costas del Mar Meridional se movían con anormal rapidez. No estaba atado, pero a su lado, estaban de pie tres de aquellos mercaderes de piel oscura sonriéndole, y la visión de los bultos de sus turbantes lo impresionó tanto como la fetidez que brotaba de las siniestras escotillas. Vio pasar frente a él tierras gloriosas y ciudades que un camarada de ensueños terrestres —guardián del faro de un antiguo puerto— le había descrito con frecuencia tiempo atrás. Reconoció los templos escalonados de Zak, nido de sueños olvidados. Vio las agujas de la terrible Talarión, ciudad perversa de mil maravillas donde rige el ídolo Lathi. Los jardines-osarios de Zura, tierra de placeres insatisfechos, y los promontorios gemelos de cristal, que se unen por arriba formando el arco radiante que custodia el puerto de Sona-Nyl, la maravillosa tierra de la imaginación.

Pasadas todas estas tierras fastuosas, la maloliente galera navegó con inquietante prisa, empujada por la boga anormalmente rápida de sus invisibles remeros. Y antes de concluir el día, Carter vio que el timonel no tenía otro rumbo sino los Pilares Basálticos del Oeste, más allá de los cuales comentan los incautos que se encuentra la celebre Cathuria, aunque los soñadores expertos saben muy bien que estos pilares son la entrada de una monstruosa catarata donde todos los océanos de la tierra de los sueños se precipitan en el abismo de la nada y cruzan los espacios hacia otros mundos y otras estrellas y hacia los aterradores vacíos exteriores del universo donde Azathoth, sultán de los demonios, come hambriento en el caos, entre tenebrosos redobles y melodías de flauta, mientras observa la infernal danza de los Dioses Otros, ciegos, mudos, tenebrosos y torpes, junto con Nyarlathotep, mensajero y enviado de estos.

Mientras tanto, los sarcásticos mercaderes no mencionaban ni una palabra de sus intenciones, pero Carter sabía muy bien que debían estar de acuerdo con quienes querían contener su viaje. En la tierra de los sueños se sabe que los Dioses Otros tienen muchos espías mezclados entre los hombres y todos estos enviados, casi o totalmente humanos, están dispuestos a obedecer la voluntad de esas formas ciegas y estúpidas, a cambio de lograr los favores de su horrible espíritu y mensajero, el caos reptante Nyarlathotep. Por ello creyó Carter que los mercaderes de abultados turbantes, al saber de su osada búsqueda del castillo de Kadath donde habitan los Grandes Dioses, habían resuelto raptarlo para entregarlo a Nyarlathotep a cambio de quién sabe qué favor. Carter no lograba adivinar cuál era la tierra de aquellos mercaderes, tampoco si estaba en nuestro universo o en los pavorosos espacios exteriores. Tampoco imaginaba en qué lugar infernal se reunirían con el caos reptante para entregarlo y exigir su recompensa. Sin embargo, sabía que ningún ser casi humano como aquellos osarían acercarse al trono de la última tiniebla, a Azathoth, allá en el núcleo del vacío sin forma.

Al ponerse el sol, los mercaderes empezaron a relamer sus enormes labios con una mirada hambrienta. Uno de ellos bajó a algún apartado oculto y nauseabundo y volvió con una olla y un cesto de platos. Se sentaron todos juntos bajo la tienda y comieron carne ahumada que se pasaban unos a otros. Pero cuando le dieron un trozo a Carter, este descubrió por el tamaño y la forma algo terrible. Se puso más pálido que antes y lanzó al mar aquel trozo de carne cuando nadie lo observaba. Y de nuevo pensó en los invisibles remeros de abajo y en el extraño alimento del cual sacaban su inmensa fuerza muscular.

Ya era de noche cuando la galera navegó entre los Pilares Basálticos del Oeste y el sonido de la catarata final se hizo atronador. La nube de agua pulverizada subía hasta cubrir el brillo de las estrellas y la cubierta se puso más húmeda, y el barco se inclinó sacudido por la corriente embravecida del borde del abismo. Luego, con un inusual silbido y de un solo impulso, la nave se arrojó al vacío y Carter experimentó un acceso de terror indescriptible al notar que la tierra huía bajo la quilla y que el navío viajaba silencioso como un cometa en los espacios planetarios. Jamás había tenido noticia hasta entonces de los seres negros y amorfos que se esconden y se retuercen en el éter, manoteando y fustigando a cualquier viajero que pueda pasar, y tocando con sus viscosas garras todo objeto móvil que estimule su curiosidad. Son las larvas de los Dioses Otros, que igual que ellos, son ciegas, no poseen espíritu y están atrapadas por un hambre y una sed sin límites.

Pero el destino de aquella pavorosa galera no era tan distante como Carter había imaginado, pues no tardó en darse cuenta que el timonel se dirigía rumbo a la luna. La luna surgía en un brillante cuarto creciente que crecía más y más a medida que se iban acercando y mostraba sus extraños cráteres y sus picos inhóspitos. El barco continuó rumbo a sus riberas y pronto se hizo evidente que su destino era aquella cara misteriosa y oculta que siempre ha estado de espaldas a la tierra y que ningún ser totalmente humano, salvo el soñador Snireth-Ko, quizá ha visto jamás. Al aproximarse la galera, el semblante de la luna le pareció a Carter excesivamente inquietante, no le agradaban ni la forma ni las medidas de las ruinas regadas por todas partes. Los templos destruidos de las montañas estaban levantados y orientados de tal forma que, evidentemente, no podían haber servido para rendir culto a ningún dios normal y corriente, y en la simetría de las destruidas columnas parecía adivinarse un oscuro y secreto significado que no incitaba a ser descubierto. Carter prefirió no hacer suposiciones acerca de la naturaleza y las proporciones de los viejos adoradores de esos templos.

Cuando el barco cruzó la orilla del satélite y navegó sobre aquellas tierras invisibles a los ojos de los hombres, surgieron en el misterioso paisaje algunas señales de vida y Carter vio una cantidad de casitas de campo, bajas, amplias, circulares, que se levantaban en unos campos cubiertos de abultados hongos blancuzcos. Notó que las casas no tenían ventanas y pensó que sus formas evocaban a las de las chozas de los esquimales. Luego observó las olas aceitosas de un mar perezoso y pudo verificar que el viaje seguiría de nuevo sobre las aguas o, al menos, sobre un elemento líquido. La galera alcanzó la superficie con un ruido particular y la rara elasticidad con que las olas la recibieron dejó sorprendido a Carter. Ahora, la nave avanzaba a gran velocidad. En algún momento adelantó a otra galera igual y ambas tripulaciones se saludaron a gritos, pero en general, solo se diferenciaban aquel extraño mar y el cielo negro y plagado de estrellas, aun cuando el sol resplandecía de manera abrasadora.

Luego, frente a la nave se alzaron los rebosados acantilados de una costa con aspecto infectado. Y Carter adivinó las sólidas y horrendas torres grises de una ciudad. Su extraña inclinación y su inusual curvatura, la manera en que se apiñaban y el hecho de carecer de ventanas, resultaron ampliamente inquietantes para el prisionero, que deploraba amargamente la torpeza de haber ingerido el raro vino de aquel mercader de abultado turbante. Cuando ya se acercaban a la costa y la espantosa fetidez de la ciudad se hizo aún más intolerable, observó sobre las quebradas colinas una infinidad de bosques, algunos de cuyos árboles identificó como de la misma especie de aquel único árbol lunar que vio en el bosque mágico de la tierra y cuya savia fermentada era el singular vino de los pequeños y pardos zoogs.

Carter podía observar ahora unas figuras que se movían por los muelles malolientes y según las veía con más claridad, sentía crecer su recelo y su rechazo. No eran hombres, ni tampoco parecidos a hombres, sino seres descomunales, grisáceos, viscosos y blanduzcos que podían estirarse y contraerse a voluntad, pero cuya forma más corriente —aunque la cambiaran con frecuencia— era la de una especie de sapo sin ojos, con una insólita masa de tentáculos sonrosados que temblaban en la punta de sus chatos hocicos. Estas bestias se movían torpemente por los muelles, manejando bultos y cestas y baúles con fuerza prodigiosa y saltando a cada instante con largos remos entre sus patas delanteras, del muelle a los barcos atados o de los barcos atados al muelle. De vez en cuando, pasaban llevando un tropel de esclavos con características muy similares a los humanos, pero cuyas bocas inmensas evocaban a las de los mercaderes que traficaban en Dylath-Leen. Sin embargo, estos individuos, sin turbante ni calzado ni ropa alguna, no lucían tan humanos como aquellos. Algunos de los esclavos, los más rollizos —cuyas carnes palpaba una especie de vigilante para verificar su calidad— eran bajados de las galeras y enjaulados en grandes canastos asegurados con clavos, que los cargadores metían bruscamente en los almacenes o embarcaban en grandes vehículos chirriantes.

Cargaron uno de los vehículos y salió de inmediato. La criatura fabulosa que lo conducía era tal que Carter se quedó boquiabierto, a pesar de haber visto las otras monstruosidades de aquel repugnante lugar. De vez en cuando, circulaban pequeños grupos de esclavos vestidos y con turbantes, igual que los oscurecidos mercaderes y eran llevados a bordo de una galera, seguidos por un numeroso grupo de pegajosos seres con cuerpo de sapo que formaban la tripulación: oficiales, marineros y remeros. Carter observaba que las criaturas casi humanas eran elegidas para las más infames tareas serviles, para las que no se necesitaba una fuerza excepcional como llevar el timón y cocinar, hacer mandados y negociar con los hombres de la tierra o de los otros planetas con los que ellos establecían comercio. Estas criaturas debían de ser las más idóneas para estas labores terrestres, ya que no se distinguían enormemente de los hombres una vez vestidas, calzadas y tocadas con sus abultados turbantes y podían regatear en las tiendas de estos sin necesidad de dar explicaciones incómodas e inadecuadas. Pero casi todas ellas, mientras no fueran excesivamente flacas o feas, iban desnudas y encerradas en jaulas que los extraños seres movilizaban en pesados vehículos. A veces, también desembarcaban y enjaulaban otras especies de seres, algunos muy similares a las criaturas casi humanas, otros no tan parecidos y otros absolutamente diferentes. Y Carter se preguntaba si aquellos desdichados negros de Parg no serían desembarcados, enjaulados y transportados dentro de aquellos siniestros vehículos.

Cuando la galera atracó en un pringoso muelle de roca esponjosa, una masa aterradora de seres con forma de sapo surgió por las escotillas. Dos de ellos tomaron a Carter y lo desembarcaron. El olor y la apariencia de aquel lugar eran indescriptibles y Carter solo pudo notar imágenes diseminadas de las calles enlosadas, las puertas negras y las altísimas fachadas verticales y grises, que no tenían ventanas. Por fin, le introdujeron por un portal de bajo dintel y lo hicieron subir una infinidad de escaleras por un pozo de tinieblas. Parecía que a los seres con cuerpo de sapo les daba igual la luz que la oscuridad. El olor que reinaba en aquel lugar era insoportable y cuando Carter fue encerrado en una estancia y lo dejaron allí solo, apenas tuvo fuerzas para arrastrarse a lo largo de los muros y asegurarse de su forma y tamaño. Era un recinto circular de unos dos metros de diámetro.

A partir de ese instante el tiempo dejó de existir. A ratos le arrojaban de comer pero Carter no quiso probar aquella comida. No tenía idea de lo que iba a suceder con él, pero intuía que lo mantendrían allí hasta la llegada de Nyarlathotep, el caos reptante, espíritu y enviado de los Dioses Otros. Finalmente, después de una infinita sucesión de horas o días, la gran puerta de piedra se abrió de par en par y Carter fue llevado a empujones escaleras abajo hasta las calles, alumbradas con luces rojas, de aquella siniestra ciudad. En la luna era de noche y por toda la ciudad se veían esclavos inmovilizados sosteniendo antorchas encendidas.

En una horrible plaza se había formado una especie de procesión formada por diez seres de cuerpo de sapo y veinticuatro portadores de antorchas casi humanos, once a cada lado y uno en cada extremo. Carter fue colocado en medio de la alineación, con cinco seres de cuerpo de sapo adelante y otros cinco seres atrás, y un casi humano a cada lado. Otros seres de cuerpo de sapo sacaron flautas de ébano y tocaron cánticos repugnantes. Al ritmo de aquellas infernales melodías, la procesión comenzó a desfilar por las calles pavimentadas, dejó atrás la ciudad y se adentró por oscuras llanuras plagadas de grotescos hongos. No tardaron en subir por la ladera de una de las colinas más bajas que se elevaba a espaldas de la ciudad. Carter estaba seguro de que el caos reptante esperaba en alguno de aquellas pendientes escarpadas o en alguna espantosa llanura y anhelaba que su tortura terminase cuanto antes. El plañidero sonar de las irreverentes flautas era enloquecedor y él habría dado el mundo entero porque el sonido hubiese sido solo un poco menos raro, pero aquellos seres no tenían voz y los esclavos no hablaban.

Entonces, en medio de aquella estrellada oscuridad sintió un sonido familiar que retumbó por los montes y resonó en todos los picos desgarrados y su eco se propagó agrandándose en una especie de sonido demoníaco. Era el maullido de un gato a media noche y Carter entendió, por fin, que la gente del pueblo tenía razón cuando mencionaban en voz baja que los gatos son los únicos que dominan las regiones misteriosas y que los más viejos las visitan a escondidas durante la noche, saltando a ellas desde los más altos tejados. En realidad, es en la cara oscura de la luna donde saltan y retozan por las colinas y van a conversar con antiguas sombras. Y aquí, en medio de la fila de fétidas criaturas, escuchó Carter su maullido familiar y amistoso y recordó los puntiagudos tejados y los cálidos hogares y las ventanas suavemente iluminadas de las casas de Ulthar.

En ese momento, Randolph Carter conocía bastante bien el lenguaje de los gatos y lanzó el grito que le convenía en aquel lejano y terrible paraje. Pero no era necesario que lo hiciera, ya que en el momento preciso de abrir la boca escuchó que el coro aumentaba y se iba acercando, y observó dibujarse unas rápidas sombras contra las estrellas, sombras pequeñas y graciosas que saltaban de colina en colina, en apretados enjambres. La llamada del clan había sido dada y antes de que la despreciable procesión tuviese tiempo ni siquiera de asustarse, una nube de sedosas pieles, un conjunto de garras homicidas, cayó sobre ella como un río tempestuoso. Silenciaron las flautas y los chillidos desgarraron la noche. Chillaban los moribundos casi humanos y los gatos gruñían y aullaban y rugían. Pero de los seres con cuerpo de sapo no salió ni un sonido, mientras derramaban mortalmente sus verdosos y asquerosos fluidos sobre aquella tierra porosa de hongos obscenos.

Mientras duraron las antorchas, el espectáculo fue asombroso. Carter jamás había visto tantos gatos. Negros, grises y blancos, amarillos, atigrados y mezclados, callejeros, persas, maneses, tibetanos, de angora y egipcios, de todas las razas los había en la furia de la batalla, y sobre todos ellos recaía el aura de la profunda e inviolada santidad que les diera su deidad tutelar en los grandes templos de Bubastis. Saltaban de siete en siete a las gargantas de los casi humanos o al hocico tentaculado de los seres con forma de sapo y los tiraban brutalmente a la fungosa tierra donde miles y miles de compañeros se lanzaban frenéticamente sobre ellos con uñas y dientes, atrapados por una furia sagrada. Carter había tomado la antorcha de un esclavo caído, pero no tardó en verse excedido por las progresivas oleadas de sus fieles defensores. Cayó entonces en la más absoluta oscuridad, en cuyo núcleo sintió el fragor de la batalla y los gritos de los vencedores, y sintió las suaves patas de sus amigos que de un lado a otro le pasaban por encima, en medio de la lucha.

El horror y el cansancio finalmente le cerraron los ojos, y cuando los abrió de nuevo, se encontró inmerso en una rara escena. El gran disco brillante de la Tierra, trece veces más grande que el de la luna tal como la vemos nosotros, arrojaba corrientes de inquietante luz sobre el paisaje lunar. Y a través de leguas y leguas de salvajes mesetas y desgarradas crestas, se ensanchaba un mar interminable de gatos formados en círculos concéntricos. Dos o tres de los dirigentes de este ejército estaban fuera de las filas, y le lamían la cara y le ronroneaban para consolarlo. No quedaba ningún vestigio de los esclavos y de los seres con forma de sapo, aunque a Carter le pareció ver un hueso no muy lejos de donde se hallaba, en el espacio que quedaba libre entre él y los guerreros.

Entonces, Carter conversó con los jefes en el sutil lenguaje de los gatos y se enteró de que su vieja amistad con la especie gatuna era muy conocida y mencionada en cualquier lugar donde los gatos se reunían. No había pasado inadvertido por Ulthar, y los viejos gatos brillantes recordaban cómo los había acariciado después que ellos se hubieran encargado de los hambrientos zoogs que miraban tan depravadamente al gatito negro. Y recordaban también lo amoroso que había sido con el gatito que subió a verlo en la posada y el platito de delicadísima leche con que le había agasajado la mañana antes de partir. El abuelo de aquel cachorrito era justamente el jefe del ejército allí reunido, ya que había observado la maligna procesión desde una colina lejana, reconociendo en el prisionero a un devoto amigo de su especie, tanto en la Tierra como en el País de los Sueños.

Sonó un rugido desde una cima lejana y el viejo jefe detuvo su charla. Era uno de los centinelas del ejército, situado en la más alta de las montañas para vigilar al único enemigo que temen los gatos de la Tierra, a los gigantescos gatos ciclópeos de Saturno, que por alguna razón no han olvidado el hechizo de la cara oscura de nuestra luna. Esos gatos están unidos por un pacto a los infames seres de cuerpo de sapo y son abiertos enemigos de nuestros pequeños gatos terrestres. De modo tal, que en estas circunstancias, un choque con ellos habría sido bastante peligroso.

Tras una breve discusión entre los generales, los gatos se levantaron y cerraron filas alrededor de Carter para protegerle. Se prepararon para dar el gran salto a través del espacio y volver a los tejados de nuestra Tierra y de la región terrestre de los sueños. El viejo mariscal de campo recomendó a Carter que se dejara llevar suave y tranquilamente por la compacta masa de saltadores de delicado pelaje y le explicó cómo debía saltar cuando saltaran los demás y cómo aterrizar suavemente cuando el resto lo hiciera. Asimismo se ofreció a dejarle en el lugar que él quisiera y Carter señaló la ciudad de Dylath-Leen, de donde había salido la negra galera, pues él anhelaba partir por mar desde allí con destino a Oriab y la cima esculpida del Ngranek. También quería advertir a sus habitantes para que no sostuvieran por más tiempo ningún comercio con las galeras negras, si es que podían detenerlo con pulso y disimulo. Entonces, a una señal, los gatos brincaron ágilmente, cuidando entre todos a su amigo. Mientras tanto, en una oscura caverna que se abría en la sagrada cumbre de las montañas lunares, Nyarlathotep, el caos reptante, esperaba en vano.

El salto de los gatos a través del espacio fue realmente sorprendente. Acorralado, esta vez por sus compañeros, Carter no se percató de las inmensas y difusas sombras que espían, se retuercen y viven en el abismo. Antes de poder entender lo que estaba ocurriendo, se halló nuevamente en su conocida habitación de la posada de Dylath-Leen, por cuya ventana salían a mares los amigables y sigilosos gatos. El anciano jefe de Ulthar fue el último en salir y cuando Carter le estrechó la pata, le dijo que llegaría a su casa hacia la madrugada. Cuando empezaba a amanecer, Carter bajó y supo que había transcurrido una semana desde que lo atraparon. Aún debía esperar un par de semanas más para subir el barco con destino a Oriab. Durante todo ese tiempo habló y narró cuanto pudo en contra de las galeras negras y sus macabros hábitos. La mayor cantidad de personas le creyó, pero estaban tan interesados en los grandes rubíes, que nadie le prometió formalmente terminar los negocios con aquellos mercaderes de boca inmensa. No será responsabilidad de Carter si algún día ocurre una desgracia en Dylath-Leen como resultado de esos negocios.

Pasada una semana, el esperado barco atracó junto al oscuro muelle y la torre del faro y Carter se sintió feliz al notar que se trataba de una nave tripulada por hombres normales. Tenía los lados coloreados, las velas latinas amarillentas, y el capitán tenía el pelo gris y ropas de seda. Su carga radicaba en barriles de olorosa resina oriunda de los pinares del interior de Oriab, cerámica fina cocida por los artesanos de Baharna, y pequeñas figuras talladas en la arcaica lava del Ngranek. Esta mercancía se les paga con lana de Ulthar, telas iridiscentes de Hatheg y marfiles repujados por los negros que viven en Parg al otro lado del río. Carter logró un arreglo con el capitán para ser transportado a Baharna, y se enteró que el viaje tardaría diez días. Durante la semana de espera, habló con el capitán muchas veces acerca del Ngranek, quien le mencionó que eran muy pocos los que habían observado el rostro tallado en la roca, pero que infinidad de viajeros se alegraban con escuchar las leyendas que de él sabían los viejos, los recolectores de lava y los escultores de Baharna, y que luego volvían a sus lejanos hogares contando que en efecto lo habían observado. El capitán ni siquiera estaba seguro de si hoy existía algún hombre vivo que hubiese visto aquel rostro tallado, ya que el otro flanco del Ngranek es de muy difícil acceso, estéril y macabro, y de acuerdo con algunos rumores, unas grutas se abren junto a su cima en donde viven las descarnadas bestias de la noche. Pero el capitán no quiso mencionar exactamente qué eran aquellas descarnadas bestias, porque se sabe que esas criaturas suelen aparecer después con mucha insistencia en los sueños de quienes piensan demasiado en ellas. Carter, también preguntó al capitán sobre la desconocida Kadath de la helada inmensidad y sobre la maravillosa ciudad del sol poniente; pero con toda sinceridad el buen hombre le manifestó que no sabía una sola palabra de ellas.

Una mañana temprano al subir la marea zarparon de Dylath-Leen y Carter observó caer los primeros rayos del sol naciente en las delgadas torres de la sombría ciudad de basalto. Y durante dos días navegaron hacia el este, bordeando los verdes litorales y viendo con frecuencia los serenos pueblitos pesqueros que subían por las laderas, con sus paredes de ladrillo y sus chimeneas, los viejos y soñolientos embarcaderos, y sus playas con las redes extendidas para que se secaran al sol.

Pero al tercer día viraron repentinamente hacia el sur, las olas se hicieron más fuerte y no tardaron en dejar de mirar la tierra. Al quinto día, los marineros comenzaron a mostrar señales de nerviosismo, pero el capitán explicó sus temores mencionando que el barco pasaría por encima de los muros cubiertos de algas y de las columnas mutiladas de una ciudad sumergida, tan antigua que no existía de ella ningún recuerdo. Cuando el agua estaba clara, podían observarse un sinfín de inquietas sombras moviéndose en los fondos de ese lugar, lo que espantaba excesivamente a la gente sencilla y supersticiosa. El capitán también señalaba que se habían perdido muchos barcos en aquella zona del mar. Que les había saludado al cruzarse con ellos, pero nunca les había vuelto a ver.

Aquella noche hubo una luna muy brillante y se podía ver bajo el agua a una increíble profundidad. Soplaba una brisa tan suave que el barco casi no se movía y el océano estaba en calma. Carter se asomó por encima de la borda y vio muchos fantasmas bajo la bóveda de un gran templo sumergido, frente al cual se alargaba una avenida de monstruosas esfinges que terminaba en lo que algún día fue una plaza pública. Los delfines nadaban y se movían alegremente entre las ruinas y las marsopas se movían torpemente por todas partes, subiendo a veces hasta la superficie y llegando a saltar fuera del agua. Al seguir avanzando el barco, el suelo del océano se elevó formando colinas, haciéndose más evidente los contornos de viejas calles empinadas y las paredes derribadas de muchas casas.

Luego la nave llegó a las afueras de la ciudad sumergida, y allí, en la cima de una colina, apareció un gran edificio solitario de apariencia más simple que las otras construcciones y mucho mejor conservado. Era oscuro, de poca altura, y cerraba los lados de una plaza. En cada esquina tenía una torre, en el centro un patio empedrado y curiosas ventanitas redondas en sus muros. Seguramente era de basalto aunque las algas lo recubrían casi por completo, y se veía tan solo y extraordinario en aquella distante colina bajo el mar, que daba la impresión de haber sido un santuario o un antiguo templo. Algunos peces fosforescentes habían entrado en su interior y le ofrecían cierta apariencia de iluminación a las ventanas redondas. Carter, no criticó a los marineros por su desconfianza. Después, bajo la luz de la luna filtrada por las aguas, observó un inusitado monolito muy alto, en medio de aquel patio central y vio que había algo encadenado a él. Y después de observar con el catalejo del capitán que aquello encadenado era un marinero vestido con trajes de seda de Oriab, con la cabeza hacia abajo y sin ojos, se sintió aliviado de que la brisa que estaba comenzando a soplar, empujara el barco hacia otras regiones más naturales del mar.

Al día siguiente, cruzaron saludos con un barco de vela color violeta que se dirigía a Zar, la tierra de los sueños olvidados, con un cargamento de bulbos de lirios de curiosos colores. Y en la noche del onceavo día avistaron la isla de Oriab, con el Ngranek desgarrado y adornado de nieve levantándose a lo lejos. Oriab es una isla muy grande, y el puerto de Baharna, una gran ciudad. Los muelles de Baharna son de roca de pórfido y la ciudad se alza tras ellos formando grandiosas terrazas de piedra y calles de trechos escalonados unos y abovedados otros, pues existen edificios y puentes que se unen entre sí por encima de las calles. También hay un gran canal que cruza la ciudad entera por un pasadizo de puertas de granito y fluye hasta el lago de Yath, en cuyas costas se encuentran las grandes ruinas de ladrillo de una ciudad antiquísima cuyo nombre no se recuerda. Al anochecer, cuando el barco entró en el puerto, los dos faros gemelos Thon y Thal titilaron una señal de bienvenida, mientras las incontables ventanas de las terrazas de Baharna comenzaron a contemplar con sus modestas luces, y por encima de estas, las estrellas que se asomaban desde el cielo. El puerto, inclinado y trepador, se fue transformando también en una constelación resplandeciente, suspendida entre las estrellas del cielo y los reflejos de esas mismas estrellas en las calmadas aguas del amarradero.

Después de atracar, el capitán invitó a Carter a su propia casa, ubicada en las orillas del lago de Yath, en la cúspide donde terminan todas las colinas del pueblo, y su mujer y la servidumbre brindaron sabrosos y delicados manjares para el disfrute del viajero. Y los días que siguieron Carter estuvo investigando en todas las tabernas y sitios públicos donde se reunían los recolectores de lava y los escultores, por si alguno de ellos había escuchado algún rumor o sabía alguna historia sobre el Ngranek, pero no halló a nadie que hubiera subido a las más elevadas alturas ni que hubiera observado el rostro tallado. El Ngranek era una montaña muy difícil, pues solo tiene un valle maldito a su espalda, además no existía ninguna seguridad de que las descarnadas alimañas de la noche fueran solo imaginarias.

Cuando el capitán zarpó de nuevo para Dylath-Leen, Carter se hospedó en una vieja taberna abierta en un callejón escalonado de la zona primitiva del pueblo. Esta taberna, construida de ladrillo, se parecía a las ruinas que había en la orilla más lejana del lago de

Yath. Allí trazó sus planes para ascender el Ngranek y estudió todos los datos que le habían otorgado los recolectores de lava sobre los caminos que mejor conducían allá. El tabernero era un hombre muy anciano y había escuchado muchas historias, por lo que fue de gran ayuda. Hasta llevó a Carter a una de las habitaciones superiores de aquella vieja casa y le mostró un tosco dibujo que un viajero había realizado sobre el yeso de la pared en aquellos tiempos en que los hombres eran más intrépidos y no tenían tanto miedo a subir las cumbres del Ngranek. El bisabuelo del viejo tabernero le había oído decir a su bisabuelo que el viajero que realizó aquel dibujo en la pared había subido al Ngranek y había observado el rostro de piedra, dibujándolo allí para que otros pudieran contemplarlo, pero Carter no quedó convencido, puesto que esos toscos trazos estaban dibujados con rapidez y negligencia, y estaban casi escondidos bajo una cantidad de diminutas figuras del peor gusto, llenas de cuernos y alas y garras y colas enroscadas.

Finalmente, habiendo reunido toda la información que podía encontrar en las tabernas y lugares públicos de Baharna, Carter alquiló una cebra y una mañana muy temprano se dirigió hacia el camino que bordea la orilla del lago Yath, penetrando después la zona donde se levanta el rocoso Ngranek. A su derecha se levantaban las onduladas colinas, se observaban reposadas huertas y limpias casitas de piedra que le recordaban muchísimo los fecundos campos que rodean el Skai. Al atardecer, ya se encontraba cerca de las antiguas ruinas desconocidas que se levantan en la ribera más lejana del Yath y aunque los recolectores de lava le habían recomendado que no acampara allí durante la noche, amarró la cebra a una extraña columna que encontró frente a un muro derruido y arrojó su manta en un rincón protegido, al pie de unas esculturas cuyo significado nadie había podido interpretar. Se cubrió con otra manta porque las noches son frías en Oriab, y en algún momento, en que lo despertó la sensación de que las alas de algún insecto le rozaban el rostro, se cubrió la cabeza completamente y durmió en paz, hasta que lo despertaron los pájaros *magah* de los distantes bosquecillos resinosos.

El sol acababa de surgir por encima de la gran colina donde se extendían leguas enteras de primitivos pedestales de ladrillo, paredes derribadas y eventuales columnas rotas y zócalos fragmentados hasta la devastada ribera del Yath y Carter buscó su cebra con los ojos. Terrible fue su abatimiento al ver el animal tumbado junto a la extraña columna en que lo había atado y peor aún fue su inquietud al descubrir que estaba muerta y que le habían chupado toda la sangre por una extraña herida que tenía en el cuello. Le habían registrado su equipaje y le habían robado algunas baratijas brillantes y por todo el polvo del suelo se observaban las pisadas enormes de unos pies palmeados, a las que no logró hallar explicación de ningún modo. Entonces, los consejos de los recolectores de lava vinieron a su mente y se preguntó qué clase de ser sería el que había rozado su cara durante la noche. Luego, se arrojó al hombro su equipaje y siguió su marcha hacia el Ngranek, aunque sintiendo un escalofrío al ver de cerca, cuando cruzaba las ruinas, el aplastado portal de una entrada que se abría en la cara de un viejo templo y cuyos escalones bajaban hacia unas tinieblas imposibles de examinar.

El camino ahora subía —cuesta arriba— por una región más agreste y frondosa en la que solo se observaban cabañas, carboneras y campamentos de recolectores de resina. Todo el aire parecía disecado por la fragante resina y los pájaros *magah* cantaban alegremente, haciendo brillar sus siete colores al sol. Hacia el atardecer, llegó a otro refugio de recolectores de lava que ya venían de regreso, con sus pesados bultos al hombro desde la falda del Ngranek. Aquí acampó él también y oyó las canciones y los cuentos de los hombres y les escuchó hablar asustados de un compañero que habían perdido. Este hombre había subido demasiado alto con el fin de alcanzar una roca de finísima lava que había visto, pero al caer la noche no había vuelto con sus compañeros. Al día siguiente, cuando fueron a buscarlo, solo hallaron su turbante, pero no encontraron ninguna señal entre los riscos de que se hubiera despeñado. No continuaron buscándolo, porque el más viejo de todos ellos dijo que sería inútil. Aunque se duda mucho de la existencia de las descarnadas alimañas de la noche y muchos las consideran seres fabulosos, también se dice que nunca se recupera aquello que caiga en su poder. Entonces, Carter les preguntó si las descarnadas alimañas de la noche chupaban la sangre, si les agradaban los objetos brillantes y si dejaban huellas de pies palmeados, pero ellos movieron negativamente la cabeza y parecieron asustarse con aquellas preguntas. Cuando vio lo apesadumbrados que estaban, no preguntó nada más y se fue a dormir a su manta.

Al día siguiente se levantó al mismo tiempo que los recolectores de lava y se despidió, ya que ellos se dirigían hacia el oeste y él tomaba la dirección opuesta en el lomo de otra cebra que les había comprado. Los más viejos le dijeron que sería mejor que no subiera demasiado alto del monte Ngranek, pero aunque les agradeció el consejo sinceramente, no se dejó convencer lo más mínimo. Suponía que iba a encontrar allí a los dioses de la desconocida Kadath y que ellos les darían indicaciones para alcanzar la encantada y maravillosa ciudad del sol poniente. Después de un largo ascenso, hacia el mediodía llegó a los caseríos abandonados de los montañeses que hace tiempo vivieron junto al Ngranek y esculpieron imágenes en su fina lava. Habían vivido aquí hasta los tiempos del abuelo del tabernero, tiempo en que empezaron a observar que su presencia no era grata. Sus casas nuevas habían sido levantadas en zonas cada vez más altas de la montaña, y mientras más arriba construían, más gente desaparecía al amanecer. Al final, decidieron que era mejor retirarse todos, ya que a veces en la oscuridad se percibían cosas nada tranquilizadoras. Así que finalmente, todos bajaron hacia el mar y se asentaron en Baharna, donde habitaron un barrio muy antiguo y enseñaron a sus hijos el viejo arte de tallar figuras, lo que siguen haciendo hasta hoy. Fue de estos herederos, de los desterrados del Ngranek, de quienes Carter había escuchado las más interesantes historias sobre este monte cuando anduvo investigando por las viejas tabernas de Baharna.

A medida que Carter, reflexionando en estas cosas, se acercaba al Ngranek, la tosca mole desnuda parecía hacerse más alta y brumosa. En lo más bajo de su colina crecían los árboles diseminados, lo que había algo más arriba eran arbustos raquíticos, y en las alturas, solo la roca enorme y desnuda se levantaba hacia el cielo espectral para unirse al hielo y a las nieves eternas. Carter observó las grietas y declives de aquellas rocas sombrías y no le pareció muy agradable la tarea de escalarlas. En algunos sitios se veían corrientes de lava petrificada y cerros de escoria amontonados en pendientes y cornisas. Hace noventa siglos, antes de que los dioses llegaran a danzar sobre el agudo pico, aquella montaña había hablado el lenguaje del fuego y había bramido con la voz de los truenos interiores. Ahora se levantaba callada y adversa, guardando en su cara oculta aquel secreto y gigantesco rostro del que se hablaba con asustado respeto. Y había grutas en aquel monte cuyas sombras, jamás borradas desde los tiempos más antiguos, podrían estar vacías y solitarias, o, tal vez, —si la leyenda era cierta— esconderían horrores de maneras insospechadas.

Hasta el pie del Ngranek, la superficie subía cubierta de escasos robles y deteriorados fresnos, sembrado de trozos rocosos de lava y de viejas cenizas. Allí Carter encontró los restos carbonizados de muchos fuegos de campamento, ya que los recolectores de lava sin duda solían detenerse allí, también, varios altares primitivos, construidos fuera para conquistar a los Grandes Dioses o para conjurar a los seres —tal vez solo soñados— que moran en los altos desfiladeros y en el laberinto de grutas del Ngranek. Al atardecer, Carter llegó hasta el montón de cenizas más lejano de todos y acampó allí para pasar la noche. Amarró la cebra a una rama y se cubrió bien con las mantas antes de quedarse dormido. Durante toda la noche un *voonith* lejano estuvo ululando a la orilla de algún charco oculto, pero Carter no tuvo ningún miedo frente a aquel espantoso ser anfibio, pues le habían afirmado que ninguno de los seres de esta especie intenta siquiera acercarse a la falda del Ngranek.

Con la serena luz de la mañana siguiente, Carter comenzó su larga subida. Llevó su cebra hasta donde el útil animal pudo alcanzar, y la amarró a un raquítico fresno, cuando la inclinación se hizo demasiado pronunciada. A partir de ese lugar subió él solo. Primero cruzó el bosque, en cuyos espacios cubiertos de maleza pululaban las ruinas de poblados antiguos. Después avanzó entre áridos campos donde unos arbustos anémicos crecían separados. Sintió que los árboles se fueran separando, ya que la pendiente era bastante pronunciada y en general le causaba vértigo. Finalmente, comenzó a distinguir toda la comarca que se ampliaba a sus pies por dondequiera que mirara. Notó las cabañas desocupadas de los escultores, los pequeños bosques de árboles resinosos, los campamentos de los que recogían la resina, los bosques inmensos donde anidaban y cantaban los multicolores *magahs*, y hasta la lejanísima línea de la ribera del río Yath, junto a la que se levantan las viejas ruinas prohibidas cuyo nombre nadie recuerda. Prefirió no mirar a su alrededor y seguir trepando hasta que la maleza se hizo cada vez más espaciada, y no halló otra cosa de la cual agarrarse más que una hierba de robustos tallos.

Seguidamente, el suelo se hizo aún más pobre. Eventualmente aparecían grandes tramos donde brotaba la roca desnuda y algún nido de cóndor escondido entre las grietas. Al final, solo había roca pura y de no haber estado tan rugosa y erosionada, difícilmente habría podido continuar adelante. Sus salientes, relieves y remates lo ayudaron considerablemente, y le resultó confortante descubrir de vez en cuando alguna muestra dejada por los recolectores de lava al desgarrar bruscamente la roca, reconociendo en ellas que seres humanos normales y corrientes habían estado en ese lugar antes que él. Un poco más arriba, la presencia del hombre se hizo evidente en unos asideros para pies y manos que fueron realizados a golpe de piqueta justo donde se hacían necesarios y en las pequeñas canteras y excavaciones efectuadas donde se encontró una rica veta de mineral o una línea de lava. En otro sitio se había tallado artificialmente un delgado saliente que se alejaba bastante del camino principal de subida para permitir el acceso a un filón generosamente rico. Una o dos veces Carter se atrevió a mirar alrededor y permaneció paralizado ante el basto paisaje que se observaba desde aquella altura. Toda la isla, desde donde se hallaba él hasta la costa, se ampliaba a sus pies. Al fondo reconocía las terrazas de piedra de Baharna y el humo de sus chimeneas, oscuro y lejano, y aún más distante, el ilimitado Mar Meridional colmado de secretos.

Hasta ese momento había ido ascendiendo en zigzag, de manera que la vertiente tallada de la montaña permanecía oculta a sus ojos. Entonces, Carter vio una saliente que subía a la izquierda y le pareció que esa era la dirección que él debía seguir. Retrocedió con la esperanza de que el camino se extendiera sin interrupción y diez minutos después comprobó que, en efecto, no se trataba de un callejón sin salida sino de un inclinado camino que dirigía hacia un arco que no estaba bruscamente cortado y no se desviaba. Unas cuantas horas de subida lo llevarían a aquella desconocida pendiente sur que observa los desolados abismos y el valle de lava maldito. Por esta dirección, la región que apareció frente a él era más desolada y salvaje que las tierras que había atravesado hasta entonces. La ladera de la montaña también era diferente, pues la veía perforada con raras grutas y hendiduras como no había observado hasta ahora en el camino que acababa de dejar. Unos por debajo de él y otros por encima, todos estos inmensos agujeros se abrían en las paredes verticales, de manera que eran definitivamente inalcanzables para el hombre.

Ahora, el aire era frío pero el ascenso resultaba tan difícil que no le prestó atención. Solo le preocupaba su creciente enrarecimiento, e imaginó que tal vez fuera la dificultad para respirar lo que alteraba la mente de muchos viajeros engendrando aquellas leyendas absurdas de alimañas nocturnas y descarnadas, con las que solían justificar la desaparición de los que subían por aquellos peligrosos senderos. Los relatos de los viajeros no lo habían convencido mucho, pero por si acaso traía con él una buena espada. Los demás pensamientos perdían importancia ante su gran deseo de observar aquel rostro tallado que podía darle, por fin, un indicio de los dioses que reinan sobre la desconocida Kadath.

Y en medio del glacial frío de aquellas altísimas regiones, Carter alcanzó de lleno la cara oculta del Ngranek y, en los abismos infinitos que se abrían a sus pies, observó los solitarios precipicios y abismos de lava que mostraban el lugar donde en tiempos antiguos se había desatado la ira de los Grandes Dioses. También veía desde allí una inmensa extensión de terreno en dirección sur, pero ahora era una tierra desierta, sin campos sembrados, ni chimeneas de cabañas y parecía ser infinito. Oriab es una isla grande pero en esta dirección no se veía el mar ni aun en la distancia. Las oscuras cavernas y las extrañas grietas seguían siendo abundantes en aquellos cortes verticales, pero ninguna era accesible para el escalador. Sobre aquellas aberturas sobresalía una gran masa prominente que no dejaba mirar la parte superior de la montaña y Carter temió por un momento que fuera infranqueable. Arriba de una roca insegura batida por el viento, en precario equilibrio a varios kilómetros por encima del suelo, entre el vacío y una desnuda pared de piedra, Carter conoció el miedo que hacía evitar a los hombres la cara oculta del Ngranek. Si el camino estaba bloqueado, la noche lo atraparía allí acurrucado y el amanecer no lo podría encontrar.

Pero había una senda y Carter la vio justo a tiempo. Solo un soñador realmente experto podía haber alcanzado aquellos asideros imperceptibles, pero fueron suficientes para Carter. Encumbró la inmensa roca por su pared exterior y se halló con una pendiente mucho más accesible que la de abajo, ya en ella había un trayecto cómodo con salientes y surcos gracias al deshielo de un glaciar. A la izquierda asomaba un precipicio que bajaba verticalmente desde desconocidas alturas hasta infinitas profundidades. Arriba, fuera de su alcance, podía observar la boca oscura de una cueva. Sin embargo, a la derecha, el monte se inclinaba bastante, permitiéndole acostarse y reposar.

Se percató de que debía encontrarse cerca de las nieves de la cumbre por el frío reinante y levantó los ojos para ver si distinguía el brillo de los picos nevados bajo la rojiza luz del atardecer. En efecto, había nieve a varios miles de kilómetros más arriba, pero antes de alcanzarla se observaba un formidable farallón, suspendido desde siempre en atrevido perfil, que asomaba igual que el que acababa de sortear. Y al verlo se le escapó un grito. Lleno de espanto se agarró a las grietas de la roca, porque aquella titánica protuberancia no mantenía la forma con que las primeras edades de la Tierra la habían modelado, sino que brillaba bajo el sol de la tarde, roja y majestuosa, con los pulidos y labrados rasgos de un dios.

Aquel rostro irradiaba severo y pavoroso bajo la ardiente luz del sol poniente. Era tan grande que resultaba imposible calcular su tamaño, pero se veía claramente que aquella talla no había sido cincelada por manos humanas. Era un dios tallado por dioses, y su mirada altiva y majestuosa procedía desde su altura hasta el lugar donde se hallaba el explorador. Las leyendas decían que el rostro era muy especial e incomprensible y Carter comprobó que, en efecto, así, era, pues aquellos ojos alargados y estrechos, aquellas orejas de inmensos lóbulos, aquella fina nariz, la barbilla puntiaguda, y todo, mostraba una raza que no es de hombres sino de dioses.

Aunque esta extraordinaria imagen era lo que Carter iba buscando y lo que había imaginado encontrar, se sintió sorprendido por un terror sagrado y tuvo que sostenerse a las paredes del alto y peligroso nido de águilas en que se encontraba. Pues el rostro de un dios es mucho más asombroso que todo lo imaginable y cuando ese rostro es más grande que un santuario y se le ve observando el universo desde las alturas, bajo los rayos del sol poniente y en el eterno silencio de las montañas en cuya oscura lava ha sido tallado en tiempos inmemoriales por desconocidas y terribles divinidades, resulta tan impresionante que no hay quien pueda despojarse de su impresionante hechizo.

Pero además, vino a sumarse la sorpresa de que la fisionomía del dios le era familiar, pues aunque había planeado buscar por toda la helada inmensidad a aquellos que por su parecido con este rostro se mostraran como hijos de los dioses, comprendió en este momento que tal búsqueda era innecesaria. Evidentemente, el gran rostro tallado en aquella escabrosa montaña no le era desconocido, sino que tenía las facciones que había visto a menudo en las personas que frecuentaban las tabernas portuarias de Celefais, ciudad del país de Ooth-Nargai que se encuentra más allá de los Montes Tanarios y está regida por el Rey Kuranes, a quien Carter conoció una vez en su vida despierta. Todos los años llegaban marineros con ese mismo rostro desde el norte, en sus oscuras embarcaciones, a cambiar ónice por jade tallado, y por hilo de oro, y por rojos pajaritos cantores de Celefais, y era evidente que aquellos marineros no eran sino los semidioses que él buscaba. Y el sitio donde moraban no debía estar lejos de la helada inmensidad donde se encontraba la desconocida Kadath, cuyo castillo de ónice era el refugio de los Grandes Dioses. De modo que debía ir a Celefais. Y como se hallaba muy alejado de Oriab, decidió regresar a Dylath-Leen y recorrer el Skai hasta el puente de Nyr, para cruzar de nuevo el bosque encantado de los zoogs. Desde ese punto tomaría un camino que se orienta al norte y cruzaría los infinitos jardines que rodean las riberas del Oukranos, hasta llegar a las áureas flechas del campanario de Thran, ciudad donde podría hallar alguna embarcación que zarpara rumbo al mar Cerenario.

Pero ahora, la oscuridad era más espesa y el gran rostro tallado resultaba aún más severo en la sombra. La noche atrapó al explorador encaramado en aquel saliente y en la oscuridad no pudo ni bajar ni subir, sino permanecer allí, agarrarse y temblar en aquel estrecho lugar hasta que llegara el nuevo día. Deseó con fervor mantenerse despierto, no fuera que con el sueño perdiera el equilibrio y se cayera por el indescifrable vacío hacia las profundidades y agudos riscos de aquel valle maldito. Asomaron las estrellas, pero aparte de ellas, sus ojos solo veían un negro vacío, vacío ligado a la muerte contra la cual no podía sino aferrarse a las rocas y pegarse al muro de piedra, alejándose lo más posible de la orilla del invisible abismo en tinieblas. Lo último que observó, antes de que cerrara la noche, fue un cóndor que planeaba vecino al precipicio donde él se hallaba, y que se alejó chillando cuando pasó por delante de la gruta cuya boca se abría un poco más arriba de su alance.

De pronto, sin ningún sonido que le previniera en la oscuridad, sintió que una mano invisible le arrancaba furtivamente la espada del cinturón. Luego escuchó caer el arma por las rocas hacia abajo y dibujada contra el ligero resplandor de la Vía Láctea, le pareció observar la espantosa silueta de una criatura flaca y monstruosa, provista de cuernos, cola y alas de murciélago. Otros seres habían comenzado también a dibujar sus sombras contra las estrellas del oeste, como si una bandada de aves inconcebibles surgiera, aleteando con lerdos y callados movimientos, de aquella gruta inaccesible de la pared del precipicio. Más tarde, una especie de tentáculo frío y blando lo agarró por el cuello y otra cosa le agarró los pies siendo elevado y suspendido en el espacio. Un minuto después, las estrellas habían desaparecido y Carter entendió que había sido atrapado por las descarnadas alimañas de la noche.

Cuando lo arrastraron al interior de la caverna del precipicio Carter estaba sin aliento. Lo llevaron a través de complejos laberintos. Instintivamente, al principio intentó liberarse, pero sus captores le pellizcaron ferozmente para impedírselo. No intercambiaron entre ellos ni un solo sonido y hasta sus membranosas alas se movían silenciosamente. Eran pavorosamente fríos, húmedos y resbaladizos, y sus garras lo manoseaban de una manera repugnante. Poco después, se dejaron caer a través de precipicios inconcebibles en un vertiginoso remolino de aire húmedo y sepulcral y Carter sintió que caía en una vorágine final de demencia ululante y satánica. Gritaba y gritaba tremendamente y cada vez que lo hacía, las garras de aquellas bestias lo pellizcaban con más sutileza. Después observó a su alrededor una especie de fluorescencia gris e imaginó que estaría alcanzando aquel mundo subterráneo de recónditos terrores el cual mencionan las oscuras leyendas, y dicen que se halla iluminado solamente por un leve y mortal fuego que nace del mismo aire emponzoñado y de las brumas prehistóricas de los pozos del centro de la tierra.

Finalmente allá abajo, en aquellas profundidades, vio unas formaciones casi imperceptibles de montañas y sospechó que serían los fabulosos picos de Throk que se alzan, pavorosos y siniestros, en la mágica penumbra de las eternas profundidades. Son mucho más altos de lo que el hombre es capaz de imaginar y protegen los valles donde habitan los dholes en asquerosas madrigueras. Pero Carter, prefirió ver aquellos picos que a sus opresores, que eran unos seres negros, rudos y espantosos, de piel lisa y grasienta como la de las ballenas, con unos horribles cuernos curvados hacia adentro y silenciosas alas de murciélago. Tenían pavorosas patas prensiles y estaban provistos de una cola que hacían restallar de manera tan alarmante como innecesaria. Y lo peor de todo era que no hablaban ni reían jamás, y tampoco podían mostrar una pequeña sonrisa ya que carecían totalmente de rostro. Allí donde debían tener la cara solo se hallaba una superficie lisa y vacía. Lo único que podían hacer era agarrar, volar y pellizcar, pues esa era la naturaleza de esos seres nocturnos.

Cuando la bandada descendió, los grises y lúgubres picos de Throk comenzaron a dibujarse contra el cielo y Carter vio claramente que en aquel granito sobrio e imponente, bañado por un eterno crepúsculo, no podía haber ninguna forma de vida. Cuando bajaron aún más, los fuegos mortales del aire se apagaron y el mundo se cubrió con la oscuridad primordial del vacío, excepto arriba, donde los agudos picos se levantaban como fantasmas. Pronto se ocultaron en las cimas y en las nieblas de las alturas, y en aquella oscuridad, Carter solo sintió fuertes corrientes de vientos húmedos y helados, nacidos en las grutas inferiores. Luego, las descarnadas alimañas se pararon por fin, en un suelo plagado de cosas invisibles que parecían pilas de huesos y abandonaron a Carter solo en aquel valle tenebroso. Traerlo hasta aquí había sido el trabajo de las descarnadas alimañas de la noche que protegen el Ngranek, una vez realizado, levantaron silenciosamente el vuelo. Cuando Carter intentó seguirlos con la mirada, se dio cuenta de que no era posible, ya que tardaron muy poco en ocultarse tras los picos de Throk. Alrededor suyo no había nada, solo tinieblas, horror, silencio y huesos.

Ahora Carter sabía con toda seguridad que se hallaba en el valle de Pnoth, donde se mueven y excavan sus madrigueras los enormes dholes, pero no tenía idea de qué podría pasarle allí, porque nadie ha visto jamás un dhole ni tampoco imaginado su apariencia. A los dholes se los distingue únicamente por el rumor confuso, los crujidos que producen al moverse entre pilas de huesos y por el pringoso tacto de su piel cuando lo rozan a uno al pasar. No pueden ser observados porque únicamente salen en la oscuridad. Y como Carter no tenía deseos de toparse con ningún dhole, estaba muy atento a cualquier sonido que se oyera por la enorme masa de huesos que se encontraba a su alrededor. Inclusive en este espantoso lugar tenía un plan y una meta que cumplir, ya que tenía algunas referencias de Pnoth por un personaje con el que había conversado largamente tiempo atrás. En definitiva, parecía con certeza que ese era el lugar donde todos los gules del mundo despierto lanzaban los despojos de sus banquetes. Si tenía suerte, podría alcanzar un majestuoso farallón, más alto que los picos de Throk, que señala el límite de sus dominios. Los montones de huesos le indicarían hacia dónde tenía que buscarlo y una vez encontrado el farallón, podría pedirle a un gul que lo ayudara con una escalera de cuerda, pues, aunque parezca extraño, Carter tenía algunos vínculos con estas extrañas criaturas.

En Boston había conocido a un hombre —un extraño pintor que tenía su estudio secreto en un viejo callejón que rodeaba un cementerio— quien había hecho amistad con los gules. Este pintor le había enseñado a entender lo más sencillo de la brusca confusión que compone el lenguaje de esos seres. El pintor había terminado por desaparecer y Carter estaba seguro de que ahora lo hallaría aquí y de que, por primera vez en el País de los Sueños, podría hacer uso del acostumbrado inglés de su vida despierta, el cual se le antojaba ajeno y lejano. En cualquier caso, confiaba en convencer a un gul para que lo ayudara a salir de Pnoth. Por otro lado, siempre sería mejor encontrarse con un gul que con un dhole, ya que al menos puede verse, mientras que el otro es invisible.

Caminaba, pues, Carter atento en la oscuridad y cuando le parecía escuchar que algo se movía entre los huesos, comenzaba a correr. De repente llegó a una inclinación de piedra y pensó que debía encontrarse al pie de uno de los picos de Throk. Después escuchó la brusca confusión que provenía de las alturas y tuvo la seguridad de haber llegado al barranco de los gules. No estaba convencido de que pudieran escucharlo desde el fondo del valle ya que tenía muchos kilómetros de profundidad, pero el universo interior tiene leyes muy extrañas. Cuando se detuvo a reflexionar, sintió el golpe de un proyectil óseo tan pesado que sin dudarlo debió ser una calavera y notando la proximidad del barranco mortal, lanzó lo mejor que pudo el lastimero quejido que es la llamada de los gules.

El sonido viaja despacio, así que pasó cierto tiempo antes de escuchar el grito de respuesta. Pero lo escuchó al fin y entendió que le iban a lanzar la escalera. Entonces, la espera se le hizo muy tensa, ya que no es necesario mencionar qué seres podían haber despertado sus gritos entre aquellos huesos. Ciertamente, no tardó en escuchar un leve crujido a lo lejos. A medida que el crujido se iba acercando, Carter se fue sintiendo más nervioso, porque no quería alejarse del lugar donde le lanzarían la escalera. Al final, la tensión era casi insoportable y, lleno de pánico, estaba a punto de echar a correr cuando escuchó chocar algo contra una pila de huesos no muy lejos del lugar de donde surgía el siniestro crujir que avanzaba poco a poco. Era la escalera y después de buscarla a tientas durante unos instantes, logró sujetarla fuerte entre sus manos. Pero el otro ruido no cesó, sino que continuó tras él mientras Carter subía por la escalera. Había subido más de un metro, cuando los sonidos de abajo aumentaron considerablemente y al alcanzar dos metros desde suelo, algo sacudió la escalera desde abajo. A una altura de unos cinco o seis metros sintió que una cosa larga y resbalosa que se hacía alternativamente cóncava y convexa le rozaba todo el costado, como serpenteando para atraparlo. A partir de ese momento, Carter subió desesperadamente para escapar del terrible contacto de aquel asqueroso y bien cebado dhole, cuya figura ningún hombre puede observar.

Subió durante horas y horas, con los brazos adoloridos y las manos llenas de ampollas. Nuevamente aparecieron frente a él los fuegos mortales y las pavorosas cumbres de Throk. Finalmente, vio por encima de él un saliente que sobresalía del margen del gran precipicio de los gules, cuya pared vertical no pudo observar. Largo tiempo después, vio un particular rostro que lo miraba encaramado en el saliente como una gárgola acurrucada en una baranda de Notre Dame. Estuvo a punto de perder el conocimiento por la impresión, pero un segundo después se había recuperado. Su desaparecido amigo Richard Pickman le había presentado una vez a un gul y rememoró su rostro canino, sus famélicas formas y su extraño comportamiento. Así pues, para cuando aquella espantosa criatura lo hubo sacado del enorme vacío, levantándolo por encima del borde del precipicio ya se había controlado, y no gritó al observar los restos medio devorados que se amontonaban a un lado y los grupos de gules agazapados que roían y lo miraban con curiosidad.

Ahora se hallaba en una llanura suavemente iluminada cuya característica principal era la presencia de descomunales peñascos e infinitas madrigueras. En general, los gules fueron respetuosos, aun cuando uno de ellos quiso pellizcarlo y los demás lo vieran apreciativamente, valorando su delgadez. Por medio de pacientes gruñidos y quejidos, hizo varias preguntas acerca de su desaparecido amigo, y por ellos se enteró de que se había convertido en un gul de cierta importancia y que moraba en los abismos más próximos al mundo despierto. Un gul anciano y de color verdoso se ofreció a llevarlo a la vivienda actual de Pickman, así que a pesar de su natural repulsión, siguió a aquella criatura por una gran madriguera y se deslizó tras ella durante horas y horas en una tiniebla de moho corrompido. Al fin salieron a una negra llanura, colmada de incongruentes reliquias de la tierra —lápidas viejas, urnas rotas y horrendos fragmentos de monumentos funerarios— por lo que Carter intuyó con cierta emoción que probablemente se hallaban más cerca que nunca del mundo despierto desde que descendiera los setecientos escalones que conducen desde la caverna de fuego hasta las puertas del sueño profundo.

Allí, sobre una lápida de 1768 sustraída del Cementerio de Granary de Boston, estaba sentado el gul que antaño fuera el pintor Richard Upton Pickman. Mostraba desnudo su cuerpo gomoso y había alcanzado de tal manera la fisionomía de los gules que sus rasgos humanos eran apenas perceptibles. Pero aun recordaba un poco de inglés y pudo hablar con Carter por medio de gruñidos y monosílabos, aunque recurriendo a cada instante a la algarabía de los gules. Cuando se enteró de que Carter deseaba alcanzar el bosque encantado, para ir desde allí a Celefais, ciudad de Ooth-Nargai situada más allá de los montes de Tanaria, se mostró incrédulo, porque estos gules del mundo despierto no actúan en los cementerios del alto País de los Sueños —los ceden a los vampiros de pies rojos que viven en las ciudades muertas— y además se hallan muchos peligros entre las rocas donde viven y el bosque encantado, uno de los cuales es el espantoso reino de los gugos.

En tiempos pasados, los gugos, peludos y gigantescos, habían construido en aquel bosque unos círculos de piedra donde ofrecieron extraños sacrificios a los Dioses Otros y a Nyarlathotep, el caos reptante, hasta que una noche, una de estas condenas llegó a los oídos de los dioses de la tierra, quienes los desterraron a las cavernas inferiores. Solo una gran lápida de piedra con una argolla de hierro enlaza el pozo de los gules terrestres con el bosque encantado y los gugos tienen miedo de levantarla a causa de la maldición. Era muy poco factible que un soñador mortal pudiera atravesar el reino subterráneo de los gugos y salir por aquella lápida, ya que en un principio los soñadores mortales eran su alimento favorito, y aún existen entre los gugos leyendas que mencionan la exquisita carne de esos soñadores, a pesar de que su aislamiento ha reducido su dieta a los lívidos, seres asquerosos que mueren al contacto con la luz y que habitan las cuevas de Zin, donde saltan con sus largas patas como canguros.

Así que el gul que había sido Pickman le recomendó a Carter que dejara el abismo en Sarkomand, ciudad solitaria del valle que se abre bajo la meseta de Leng, cuyas oscuras escaleras salitrosas, vigilada por leones alados, llevan desde la tierra de los sueños a las simas inferiores. O que volviera al mundo despierto a través de un cementerio y comenzara la búsqueda de nuevo partiendo de los setenta peldaños del sueño ligero, de las puertas del sueño profundo y del bosque encantado. Mas el explorador no siguió este recorrido porque no conocía el camino de Leng a Ooth-Nargai, además, tenía muy pocas ganas de despertar, no fuera a olvidar todo lo que había experimentado en este sueño. Sería funesto para su empresa olvidar los rostros majestuosos y soberbios de los marineros del norte que traficaban con el ónice en Celefais, quienes siendo hijos de dioses, le mostrarían el camino hacia la helada inmensidad y por consiguiente, hacia Kadath donde habitan los Grandes Dioses.

Después de muchos ruegos, el gul aceptó llevar a su huésped hasta el interior de las murallas que rodean el reino de los gugos. Había una posibilidad de que Carter lograra cruzar disimuladamente aquel reino crepuscular, erizado de rocas colocadas en círculo. A la hora en que estos seres colosales roncan satisfechos en sus moradas le sería posible alcanzar la torre central coronada por el signo de Koth, desde donde comienza la escalera que conduce a la lápida de piedra del bosque encantado. Pickman incluso accedió a prestarle tres gules para que lo ayudaran a levantar con una palanca la lápida de piedra ya que los gugos se tornan algo miedosos frente a los gules, escapando con frecuencia de sus colosales cementerios cuando los ven celebrar allí algún banquete.

También le recomendó a Carter que se disfrazara de gul, que se afeitara la barba que se había dejado crecer (los gules no tienen), que se revolcara desnudo en el verdoso moho para tomar la adecuada apariencia de cadáver medio corrompido y usara su ropa hecha un desastre como si fuera una presa extraída de la tumba. Alcanzarían la ciudad de los gugos cruzando las madrigueras correspondientes y saldrían a un cementerio ubicado no muy lejos de la Torre de Koth. Sin embargo, debían evitar una gran cueva que había vecina al cementerio, ya que esta era la entrada a las criptas de Zin, donde los rencorosos lívidos esperan a los moradores del abismo superior que vienen a cazarlos para comerlos. Los lívidos tratan de salir cuando los gugos duermen y embisten a los gules con tanta fuerza como a los gugos porque no logran distinguirlos. Son muy antiguos y se comen unos a otros. Los gugos tienen situado un vigilante en un estrecho recodo de la cripta de Zin, pero con frecuencia se queda adormecido y a veces es sorprendido por alguna banda de lívidos. Aunque estos no pueden vivir bajo una luz verdadera, pueden sin embargo, resistir durante algunas horas la penumbra crepuscular de los precipicios.

Así, Carter se arrastró por las infinitas madrigueras acompañado de tres serviciales gules, llevando una lápida sepulcral que pertenecía a un tal Coronel Nepemiah Derby, muerto en 1719, que habían extraído del cementerio municipal de Charter Street, de Salem. Cuando emergieron de nuevo a la luz crepuscular, se hallaron en un bosque de grandes monolitos cubiertos de líquenes, los cuales tenían tal altura que casi no se podía ver su extremo superior. Eran lápidas del cementerio de los gugos. A la derecha de la grieta por donde habían salido a rastras y entre las colosales sepulturas, se veía un inmenso paisaje de ciclópeas torres cilíndricas que se levantaba a una altura inconcebible en la atmósfera gris de las profundidades de la tierra. Era la inmensa ciudad de los gugos cuyas puertas tienen seis metros de altura. Los gules vienen aquí con frecuencia porque el cuerpo enterrado de un gugo puede alimentar a toda la comunidad durante casi un año. Aunque la empresa tiene sus peligros, es mejor echar mano de los gugos a tener que esforzarse en las tumbas de los hombres para lograr tan pobres resultados. Ahora Carter entendía la presencia de aquellos huesos gigantescos que había visto en el valle de Pnoth.

Al salir del cementerio, frente a ellos, se alzaba una cuesta completamente vertical en cuyo pie se abría una cueva inmensa.

Los gules advirtieron a Carter que debían evitarla a toda costa, ya que era la entrada a los sacrílegos subterráneos de Zin, donde los gugos en la oscuridad atrapan a los lívidos. Y ciertamente, aquella advertencia se vio muy pronto demostrada, ya que en el momento en que un gul empezaba a arrastrarse hacia las torres para ver si habían calculado bien la hora de reposo de los gugos, en la oscuridad de la cueva brilló un par de ojos rojizos y amarillentos, y luego otro, lo que mostraba que los gugos tenían un centinela menos y que los lívidos tienen realmente una gran agudeza olfativa. Así que el gul volvió a la madriguera e hizo gestos a sus compañeros para que mantuvieran silencio. Era mejor no interceptar a los lívidos pues había la posibilidad de que se fueran pronto, ya que sin duda estarían agotados después de haber luchado con el gugo centinela de los oscuros abismos. Poco después brincó bajo la luz grisácea del ocaso un ente del tamaño de un caballo pequeño y Carter se sintió aquejado al ver la apariencia de aquella bestia escabrosa y perniciosa, cuyo semblante resultaba bastante humano a pesar de la ausencia de nariz, frente y otros detalles importantes.

En ese momento, tres lívidos saltaron fuera de la caverna y se unieron al primero, y un gul le murmuró a Carter en voz casi inaudible que la ausencia de rasguños que mostraban era mala señal. Ello señalaba que no habían luchado con el gugo centinela, de manera que aún reunían toda su fuerza y crueldad, y que permanecerían así hasta que hallaran y devoraran alguna víctima. Era muy desagradable ver aquellos seres escabrosos y desproporcionados, que no demoraron mucho en ser una quincena, hocicando por el suelo y dando brincos de canguro bajo la luz crepuscular en aquella atmósfera nebulosa traspasada por colosales torres y gigantescos monolitos. Pero fue más desagradable aún escucharlos cuando comenzaron a hablar con las toses y ruidos guturales que constituyen el lenguaje de los lívidos. Y aunque eran horrendos, no lo eran tanto como lo que en ese momento de forma asombrosamente repentina salió detrás de ellos.

Era una pata de medio metro de ancho, provista de espantosas garras. Después apareció otra, y luego, un enorme brazo de negro pelaje al que se unían ambas patas con dos cortos antebrazos. Luego fulguraron dos ojos rosados, surgiendo a continuación la bamboleante cabeza del gugo centinela que había despertado. Aquella cabeza tenía el tamaño de un barril y los ojos despuntaban unos diez centímetros a cada lado, protegidos por unas prominencias óseas cubiertas de pelo encrespado. Pero lo que le daba un aspecto especialmente terrible a esta cabeza era su boca. Una boca de inmensos colmillos amarillos recorría la cabeza de arriba abajo, abriéndose verticalmente y no de forma tradicional.

Pero antes de que el infortunado gugo terminara de salir de la gruta y levantara sus siete metros de altura, los astutos lívidos se habían lanzado sobre él. Carter temió por un momento que diera la alarma y despertara a los suyos, pero un gul le mencionó que los gugos no tienen voz y que se comunican a través de gestos faciales. La lucha que ocurrió a continuación fue atroz e inenarrable. Los mortíferos lívidos atacaban febrilmente al medio levantado gugo por todos lados, mordiéndolo y destrozándolo con sus mandíbulas e hiriéndolo despiadadamente con sus duras y afiladas pezuñas. Durante la lucha, los lívidos carraspeaban y tosían con entusiasmo, chillando cuando la gran boca vertical del gugo atrapaba a alguno de ellos, con suerte el estruendo del combate habría despertado seguramente a los demás gugos de no haber sido porque el cada vez más disminuido centinela había ido retrocediendo, llevando la batalla cada vez más adentro de la cueva. De esta manera, el disturbio desapareció pronto de la vista y se hundió en la oscuridad y solo algún sonido infernal y esporádico señalaba que la lucha continuaba.

Entonces el más alerta de los gules dio la señal de avanzar y Carter continuó con sus tres compañeros. Salieron del laberinto de monolitos y penetraron las calles oscuras y malolientes de aquella espantosa ciudad, cuyas torres circulares de ciclópea construcción se elevan hasta perderse de vista. Caminaron con paso indeciso y silencioso por aquel torpe pavimento de roca, mientras escuchaban con aprensión los amortiguados y espantosos resoplidos que salían de las enormes entradas, señalando que los gugos dormían su siesta. Previendo que aquella hora de descanso estuviera a punto de concluir, los gules apretaron el paso, pero aun así, el trayecto no era corto ya que las distancias en aquella ciudad de gigantes eran enormes. Finalmente alcanzaron una plaza, ante la cual se levantaba una torre mucho más grande que las otras. Sobre la puerta de esta torre sobresalía un espantoso bajorrelieve que mostraba un símbolo aterrador aun para quien desconociera su significado. Era la torre central que lucía el signo de Koth y los grandes peldaños que se apreciaban en la oscuridad de su interior eran el comienzo de la gran escalera que conducía al alto País de los Sueños y al bosque encantado.

Entonces comenzó el interminable ascenso totalmente a oscuras. Era casi imposible subir, debido al monstruoso tamaño de los peldaños labrados por los gugos que medían al menos un metro de altura. Carter no logró calcular, ni siquiera aproximadamente, cuántos peldaños subió, ya que no tardó en sentirse tan vencido por el cansancio que los elásticos e infatigables gules se vieron forzados a ayudarlo. Durante la subida, los acechaba el peligro constante de ser descubiertos y perseguidos, porque aunque los gugos no se atreven a levantar la lápida de piedra del bosque por miedo a la maldición de los Grandes Dioses, esa maldición no afecta para nada a la torre y a la escalera, de forma que los lívidos que tratan de esconderse allí suelen ser cazados por los gugos aunque lleguen al último peldaño de la escalera. Tan sensible es el oído de los gugos que, de haber estado despiertos, habrían escuchado perfectamente el roce de los pies desnudos y de las manos de quienes subían y, desde luego, habría sido cuestión de poco tiempo que los gigantes —entrenados en las cacerías de lívidos en total oscuridad en la cripta de Zin— alcanzaran las débiles y torpes presas que ahora subían por las ciclópeas escaleras. Era desesperante pensar que los silenciosos gugos no pueden ser escuchados y que si llegaban a descubrirlos caerían de repente sobre ellos atrapándolos desprevenidos en la oscuridad. En aquel insólito lugar, ni siquiera los detendría el acostumbrado temor que sienten hacia los gules, ya que en él disfrutaban de una manifiesta ventaja. Además, existía el peligro imprevisto de toparse con los venenosos lívidos, que a veces entran en la torre durante la hora de sueño de los gugos. Si estos durmieran durante un largo tiempo y los lívidos volvieran pronto de su combate en la caverna, el olor de Carter y de sus acompañantes atraería irremediablemente a estos seres repugnantes y hostiles, en cuyo situación era mejor ser devorados por los gugos.

Luego, después de subir durante una eternidad, escucharon una tos allá arriba en la oscuridad y el escenario dio un vuelco gravísimo e inadvertido. Estaba claro que se trataba de un lívido, o tal vez de varios, que debieron extraviarse dentro de la torre antes de que llegaran Carter y sus guías, también estaba igualmente claro que el peligro era inminente. Tras un instante de angustiosas dudas, el gul que estaba a cargo empujó a Carter a un rincón y colocó a sus compañeros convenientemente, con la vieja lápida en alto para lanzársela al enemigo en cuanto se pusiera a tiro. Los gules podían ver en la oscuridad, así que la situación no era tan extrema como habría podido serlo para Carter si se hubiera hallado solo. Un instante después, un sonido de pezuñas les hizo saber que al menos una de las bestias lívidas bajaba dando saltos y los gules que sostenían la lápida la levantaron para intentar un desesperado golpe. Entonces, fue cuando aparecieron los dos ojos rojizos y amarillentos, al tiempo que la jadeante respiración del lívido se escuchaba por encima del ruido de sus patas. Cuando la sucia bestia saltó al peldaño inmediatamente superior de donde estaban los gules, estos lanzaron la vieja lápida con fuerza prodigiosa, afortunadamente solo se escuchó un estertor agónico antes de que la víctima cayera convertida en un amasijo inmundo. Parecía que no había más bestias de aquellas allí adentro y después de guardar silencio por un momento, los gules dieron una palmada a Carter como señal de que podían reanudar la marcha. Como antes, se vieron forzados a ayudarlo y Carter se alegró de alejarse de aquel lugar de muerte donde el horrible cadáver del lívido yacía invisible en la oscuridad.

Por último, los gules interrumpieron a su compañero. Estirando los brazos hacia arriba y palpando en la oscuridad, Carter descubrió que habían llegado a la lápida de piedra. Era imposible levantarla totalmente. Los gules se limitarían a abrir una apertura suficiente para colocar la lápida en forma de palanca y así permitir que Carter saliera por esa abertura. Los gules tenían pensado bajar nuevamente por la escalera y volver por donde habían venido, ya que en la ciudad de los gugos les era muy sencillo pasar inadvertidos. Además, no sabrían cómo orientarse por los caminos de la superficie para alcanzar la espectral Sarkomand, ciudad donde se encontraba la entrada al abismo protegida por los leones.

El esfuerzo que tuvieron que hacer los tres gules para levantar la losa fue titánico. Carter les ayudó con todas sus fuerzas. Juzgaron que debían empujar en la parte de la losa que descansaba sobre la escalera y allí aplicaron toda la fuerza de sus músculos especialmente alimentados. Pocos segundos después abrieron una ligera rendija y Carter, a quien se había encargado esta misión, deslizó el canto de la vieja lápida por esa abertura. De inmediato, siguió un intenso forcejeo, aunque sin resultados. Como es de suponer, cada vez que fracasaban tenían que volver a comenzar desde el principio.

Repentinamente, su impotencia se vio multiplicada mil veces por un sonido que oyeron al pie de la escalera. El ruido no fue más que el choque sordo del cadáver del lívido y el golpeteo de sus pezuñas al caer rodando escaleras abajo. Pero la razón por la cual rodaba aquel cuerpo hacia abajo no era para nada tranquilizadora. Así que conociendo los hábitos de los gugos, los gules redoblaron sus delirantes esfuerzos y en un tiempo sorprendentemente corto lograron levantar la losa de tal forma que Carter pudo colocar la lápida y dejar una abertura suficientemente amplia. Entonces ayudaron a Carter, haciéndolo subir sobre sus hombros cartilaginosos y orientando sus pies cuando se agarró a la orilla del bendito suelo del alto País de los Sueños. Un segundo más tarde, los tres habían salido por la abertura, lanzando la lápida y cerrando la gran losa, mientras abajo se escuchaba un resuello jadeante. Debido a la maldición de los Grandes Dioses, ningún gugo se atrevería a salir jamás por aquella entrada, por consiguiente, Carter, con un suspiro de alivio y placidez, se dejó caer tranquilamente entre los extraños hongos del bosque encantado, mientras sus guías los gules, se acurrucaban en grupo de acuerdo con la costumbre.

Aunque era en verdad siniestro, el bosque encantado por el que había transitado hacía ya tantísimo tiempo, ahora le parecía un paraíso y una delicia después de haber viajado por los sombríos abismos del mundo inferior. No había ni un solo ser vivo en los alrededores ya que los zoogs sienten pánico ante aquella entrada misteriosa y Carter inmediatamente les preguntó a los gules sobre el itinerario que convenía seguir. Ellos no se atrevían a regresar por la torre, pero el viaje por el mundo despierto tampoco los convenció al saber que, para entrar en él, tenían que cruzar ante los sacerdotes Nasht y Kaman-Thah en la caverna de fuego. Así que al final, decidieron volver por Sarkomand, pues allí hay una entrada al abismo, aunque de momento no supieran cómo alcanzar esa ciudad. Carter recordaba que Sarkomand está ubicada en el valle que se extiende al pie de la meseta de Leng y recordaba así mismo que en Dylath-Leen había visto a un anciano y siniestro mercader de ojos oblicuos que tenía fama de traficar con los pueblos de Leng, por lo que recomendó a los gules que atravesaran los campos de Nyr hasta el Skai y que después siguieran el curso del río hasta su desembocadura, ya que allí se alza Dylath-Leen. Decidieron hacerlo de ese modo, sin demora ni pérdida de tiempo, porque la progresiva oscuridad prometía una noche entera de viaje. Carter estrechó los miembros de aquellas bestias repulsivas, les agradeció por la ayuda que le habían prestado y les pidió que, además, mostraran su agradecimiento al gul que un día fuera Pickman. A pesar de ello, no pudo contener un suspiro de alivio cuando los vio irse, porque un gul siempre es un gul, y en el mejor de los casos resultan compañeros poco agradables para el ser humano. Después de pensar en ello, Carter buscó un manantial en el bosque, se limpió el fango y el moho que traía de las regiones inferiores y se vistió con las ropas que tan diligentemente había traído envueltas.

En aquel bosque de terribles árboles monstruosos ya era de noche, pero la luminosidad reinante permitía al viajero andar como si fuese de día y Carter comenzó a caminar por el conocido camino de Celefais, ciudad del país de Ooth-Nargai que se extiende tras los Montes Tanarios. Mientras avanzaba, pensaba en la cebra que hacía miles y miles de años había dejado atada a la rama de un árbol en las estribaciones del Ngranek, en la lejana isla de Oriab, y se preguntaba si algún recolector de lava le daría algo de comer y la soltaría después. Y se preguntaba, también, si regresaría algún día a Baharna para pagar la cebra que le habían matado la noche que pasó junto a las ruinas arcaicas que se levantan en las riberas del Yath y si el viejo tabernero se acordaría de él. Esos eran los pensamientos que venían a su cabeza mientras respiraba el reparador aire del alto País de los Sueños.

De pronto se contuvo al escuchar un murmullo que brotaba de un enorme tronco hueco. Había sorteado el gran círculo de piedras porque ahora no deseaba coincidir con los zoogs, pero a juzgar por la algarabía de chillidos que salía de aquel inmenso árbol, debía estarse celebrando una significativa asamblea. Al acercarse más notó que se trataba de una encendida discusión, cuyo tema le interesaba a él de manera excepcional, pues lo que se discutía allí era nada menos que la declaración de guerra a los gatos. La razón era la desaparición de los zoogs que habían seguido a Carter hasta Ulthar, a quienes los gatos habían castigado por exponer las perversas intenciones que ya se vieron, y esa cuestión había generado violentos y prolongados debates, hasta que por fin los aleccionados zoogs habían decidido atacar a toda la tribu felina en el plazo máximo de un mes. Su estrategia consistía en efectuar una serie de ataques sorpresivos encaminados a atrapar los gatos solitarios o en grupos que estuvieran desprevenidos, sin darle a la gran cantidad de gatos de Ulthar el tiempo necesario para organizarse y contraatacar. Carter asumió que, antes de seguir con su extraordinario viaje, tenía que impedir el resuelto plan de los zoogs.

Así pues, Randolph Carter avanzó sigilosamente hasta un ángulo del bosque y lanzó un maullido de gato a través de los campos suavemente iluminados por la luz de las estrellas. Una gataza formidable que salió de una cabaña cercana tomó el relevo y lo transmitió, a través de los terrenos, a los guerreros grandes y pequeños, negros, grises, atigrados, blancos, amarillos y cruzados, y el eco fue repetido junto al Nyr y más allá del Skai, hasta Ulthar, y los incontables gatos de Ulthar respondieron en coro y se organizaron en orden de marcha. Era una fortuna que la luna no hubiera salido porque así todos los gatos se encontraban en la Tierra. Rápidos y silenciosos, dejaron sus hogares y saltaron de los techos y se extendieron como un mar de brillante pelaje por las llanuras hasta la orilla del bosque. Carter estaba allí para recibirlos y el espectáculo de estos gatos sanos y bien proporcionados resultó un descanso para sus ojos después de mirar las horrendas criaturas que había visto en los abismos y de caminar junto a ellas. Se alegró de encontrar nuevamente a su venerable amigo y salvador dirigiendo el destacamento de Ulthar con el collar de su graduación alrededor de su sedoso cuello y sus bigotes tiesos en actitud marcial. Y se alegró mucho más cuando observó como alférez del mismo ejército, a un astuto jovenzuelo que no era otro que el mismísimo gatito de la taberna, a quien Carter le había obsequiado un riquísimo plato de leche una muy lejana mañana en Ulthar. Ahora se había transformado en un robusto gato con gran porvenir, y al tomar la mano de su amigo se puso a ronronear. Su abuelo le narró que se desempeñaba muy bien en el ejército y que tras una campaña más podría lograr al grado de capitán.

Carter les comunicó el riesgo que corría la tribu gatuna, por lo que recibió efusivos ronroneos de todos los presentes. De acuerdo con los generales, lanzaron un plan de acción inmediata que radicaba en atacar de inmediato la asamblea de los zoogs y sus plazas más fuertes conocidas, adelantándose a sus ataques por sorpresa y obligándolos a aceptar un acuerdo antes de que lograran movilizar su ejército invasor. Por lo que sin perder un solo instante, el gran océano de gatos plagó el bosque encantado y se cerró alrededor del árbol donde se celebraba la reunión y al círculo de piedras. Los chillidos de los zoogs aumentaron hasta un nivel enloquecedor cuando las odiosas bestezuelas se hallaron sorprendidas por los recién llegados. Hubo muy poca resistencia por parte de los sigilosos y curiosos zoogs de oscuro pelaje, porque comprendieron de inmediato que les habían ganado por una mano, y sus propósitos de venganza se convirtieron en deseos de salvación.

La mitad de los gatos se sentaron en círculo alrededor de los zoogs atrapados y dejaron un pasillo por el que los otros gatos fueron trayendo a los zoogs que iban atrapando en otras partes del bosque. Por fin se discutieron las condiciones del acuerdo. Carter sirvió de intérprete y allí se decidió que los zoogs seguirían siendo independientes a condición de que entregaran a los gatos un gran tributo de guacos, codornices y faisanes cazados en las zonas menos extrañas del bosque. Los victoriosos gatos tomaron como rehenes a unos cuantos zoogs de familias nobles, que serían resguardados en el templo de los gatos de Ulthar y dejaron bien claro que cualquier desaparición de gatos alrededor de los poderíos de los zoogs tendría terribles consecuencias para los propios zoogs. Una vez establecidas las condiciones, los gatos rompieron filas y permitieron que los zoogs se marcharan uno a uno a sus respectivas moradas, lo cual se apresuraron a hacer viendo de soslayo con gesto derrotado.

Entonces, el viejo general le ofreció a Carter una escolta para cruzar el bosque hasta salir de él por donde quisiera. El gato pensaba —y no sin razón— que los zoogs ahora sentirían un tremendo resentimiento contra Carter por haber hecho fracasar sus intenciones de guerra, y Carter aceptó con gratitud esta oferta, no solo por la seguridad que le ofrecía, sino porque además le gustaba la ligera compañía de los gatos. Así pues, en medio del grato y alegre pelotón, contento por el feliz término de la empresa, Randolph Carter avanzó dignamente a través de aquel bosque fantástico y fosforescente de colosales árboles. Mientras algunos se dedicaban a fantásticas acrobacias o jugueteaban con las hojas caídas que el viento movía entre los hongos de aquel suelo fundamental, Carter iba hablando con el general y el nieto sobre Kadath. El viejo gato le comentó entonces que había escuchado hablar mucho de esa desconocida ciudad de la helada inmensidad, pero que no sabía dónde se hallaba exactamente. Y en relación a la maravillosa ciudad del sol poniente, ni siquiera había oído mencionarla, pero con mucho gusto haría saber a Carter cualquier información que lograra al respecto.

También le comunicó algunas contraseñas de gran importancia entre los gatos del País de los Sueños y le recomendó, especialmente, al anciano jefe de los gatos de Celefais, que era el lugar donde él se dirigía. Aquel viejo gato, a quien Carter ya conocía de manera superficial era un íntegro maltés y su influencia sería decisiva en todo tipo de decisiones. Ya aclaraba cuando salieron del bosque por el lugar más conveniente y Carter se despidió de sus amigos con cierto abatimiento. El joven alférez que Carter había conocido cuando era un gatito lo habría acompañado de no habérselo prohibido su abuelo, pero este severo patriarca insistió en que el deber requería la presencia de todo gato junto a su tribu y su ejército. Así que Carter continuó solo el camino a través de los refulgentes campos que se extienden plagados de misterio junto al río rodeado de sauces y los gatos volvieron al bosque.

El viajero conocía bien aquellas tierras gloriosas que se alargan entre el bosque y el Mar Cerenario, y alegremente siguió el curso cantarín del Oukranos que le mostraba su ruta. El sol subió por encima de las suaves colinas vestidas de prados y bosques y encendió los colores de las miles de flores que tapizaban las cañadas y los montes. Una neblina mágica cubre toda esta región y la luz del sol parece durar un poco más que en otros sitios. También permanece allí la plácida música del verano que combinan las abejas y los pájaros, de manera que los hombres avanzan por allí como por un paraje maravilloso y sienten la mayor dicha y felicidad que después pueden recordar.

Hacia el mediodía Carter llegó a Kiran, donde las terrazas de jaspe bajan hasta la orilla del río y llevan hacia un templo de encanto, donde el rey de Ilek-Vad llega una vez al año en su palanquín de oro desde su distante reino del mar crepuscular, a rezar ante el dios del Oukranos, el que cantaba para él cuando el rey era joven y habitaba en una cabaña vecina a la orilla del río. Este templo es totalmente de jaspe y cubre un acre de terreno con sus paredes y patios, con sus siete torres terminadas en flecha y su capilla interior donde el río entra a través de canales ocultos y el dios canta suavemente durante la noche. Muchas veces la luna oye curiosas melodías, mientras sus rayos iluminan aquellos patios, terrazas y pináculos, pero nadie, salvo el propio rey de Ilek-Vad, podría decir si esa melodía es la canción del dios o el canto de sus secretos sacerdotes, pues el único que ha penetrado en el templo y ha observado a esos sacerdotes es el rey. Ahora, bajo el letargo del mediodía, aquel templo tallado y delicado estaba en silencio, y mientras avanzaba bajo un sol mágico, Carter solo escuchaba el sonido de la gran corriente y el rumor de los pájaros y las abejas.

El viajero avanzó durante toda la tarde por las aromáticas praderas, al abrigo de las mansas colinas ribereñas cubiertas de pacíficas casitas de techos de paja y de santuarios esculpidos en jaspe o en crisoberilo fundados para dioses amables. A veces caminaba por la misma orilla del Oukranos y silbaba a los inquietos e iridiscentes peces de aquella corriente cristalina, otras veces, se paraba entre el susurro de los juncos a observar el gran bosque de la otra orilla, cuyos árboles bajaban hasta el mismo borde del agua. En otros sueños anteriores había visto surgir de ese bosque a los buopoths, robustos y tímidos, que iban a beber en el río pero ahora no había ninguno. Una de las veces se paró para mirar cómo un pez carnívoro atrapaba un pájaro pescador que había sido atraído hacia el agua con el señuelo de sus brillantes escamas al sol. En el momento en que el alado cazador se lanzó a atraparlo, lo cogió por el pico con su enorme boca.

Al caer la tarde, Carter subió por un camino cubierto de hierba, desde donde pudo observar cómo irradiaban bajo la luz del ocaso las mil agujas doradas de los campanarios de Thran. Las inmensas paredes de alabastro de esa asombrosa ciudad no son verticales, sino que desde lejos parece que se inclinan hacia dentro. Y lo más sorprendente es el hecho de estar construidas de una sola pieza con una técnica que ningún hombre conoce, ya que esta ciudad es más antigua que la raza humana. Aun siendo tan altas estos muros de cien pórticos y doscientas atalayas, las torres que se concentran en su interior, blancas debajo de sus doradas agujas son más altas todavía, de forma tal que los hombres de la llanura las ven subir hasta el cielo, a veces radiantes de luz, a veces con sus cúpulas cubiertas por las nubes y las brumas, y a veces envueltas en nubes bajas, asomando por encima con sus resplandecientes pináculos elevados. Y allí, donde las puertas de Thran se abren sobre el río, hay grandes muelles de mármol junto a los cuales se balancean suavemente solemnes galeones de fragante cedro y madera de Ceilán sujetos a sus anclas, y marineros de gruesa barba reposan sobre toneles y bultos cuyos rótulos muestran jeroglíficos de lejanos y extraños lugares. Tierra adentro, más allá de los muros, se ensanchan los campos de este país y en ellos dormitan entre pequeñas lomas pequeñas cabañas blancas, y ondean delgados caminos con múltiples puentes de piedra entre los ríos y las huertas.

Caía la noche, pues, cuando Carter cruzó esta fértil tierra y desde el río vio brillar la luz del crepúsculo en las maravillosas agujas de las torres de Thran. Y justo cuando cerró la noche alcanzó la puerta sur, donde fue detenido por un centinela vestido de rojo, a quien tuvo que narrar tres sueños extraordinarios para demostrarle que era un soñador digno de caminar por las recónditas calles de Thran y de visitar los bazares donde se vendían los tejidos traídos por los solemnes galeones. Luego entró en la increíble ciudad a través de una muralla de tal espesor que la entrada formaba una especie de túnel y luego continuó por los sinuosos y ondulantes callejones que serpentean, profundos y estrechos, entre descomunales torres. Las luces brillaban a través de las ventanas enrejadas y de los balcones y del interior de los patios de espumantes fuentes brotaba una música sutil de flautas y laúdes. Carter conocía la dirección que le convenía tomar y se orientó hacia las calles más oscuras que rodeaban el río y entró en una vieja taberna de marineros donde se encontró con capitanes y gentes de mar que él había conocido en algunos de sus sueños anteriores. Allí compró un pasaje para Celefais a bordo de un gran galeón pintado de verde, y permaneció en esa misma taberna para pasar la noche después de conversar seriamente con el venerable gato de aquella

posada, que soñoliento parpadeaba delante del enorme
fuego del hogar y soñaba con viejas guerras y olvidados
dioses.

Carter embarcó la mañana siguiente en el galeón
que zarpaba hacia Celefais. Se sentó en la proa sobre un
montón de cuerdas y comenzó el largo viaje hacia el Mar
Cerenario. Durante incontables leguas, los márgenes del
río mostraron el mismo aspecto que las tierras de Thran,
notándose algún que otro templo levantado en lo alto de
las colinas de la margen derecha. Navegaron frente a un
pueblito dormido pegado a la orilla, con sus afilados techos de color ladrillo y sus redes tendidas al sol. Pendiente siempre de su empresa, Carter preguntó a todos los
marineros sobre la clase de personas que frecuentaban
las tabernas de Celefais y les preguntó sobre los nombres
y los hábitos de aquellos hombres extraños de ojos rasgados y estrechos, orejas de grandes lóbulos, fina nariz
y barbilla puntiaguda que venían del norte a bordo de
negras embarcaciones, para cambiar ónice por figuritas
de jade, hilo de oro y pajaritos cantores de Celefais. Los
marineros no sabían gran cosa sobre esas personas, salvo
que hablaban muy poco y que alrededor de ellos existe
como una atmósfera de respeto y temor.

El país de esos hombres extraños es muy distante y
se llama Inquanok. Muy pocas eran las personas que se
dirigían hacia allá, porque se trata de una región fría y
crepuscular que al parecer, limita con la desagradable
meseta de Leng, cosa que, por otra parte, tampoco se
sabía con certeza. Por el flanco donde se supone que

está esa meseta, se levanta una cadena inaccesible de montañas, de manera que nadie puede afirmar que esta perversa región, con sus espantosos poblados de piedra y sus repugnantes monasterios estén realmente allí, ni tampoco que sea solo resultado del miedo que siente la gente por la noche, cuando esa tremenda barrera de picos dibuja su negra silueta contra la luna lo que se dice sobre ella. En efecto, se podía llegar a Leng desde muy diferentes océanos, pero los marineros no conocían las otras fronteras de Inquanok y solo habían oído hablar en términos muy vagos de la helada inmensidad y de la desconocida Kadath. En cuanto a la maravillosa ciudad del sol poniente que Carter buscaba, tampoco tenían ni idea. Así que el viajero no preguntó más y esperó a que se presentara la ocasión de hablar con aquellos extraños hombres de la fría y crepuscular Inquanok, que son reales descendientes de los dioses representados en el rostro tallado del monte Ngranek.

Avanzado el día, el galeón arribó a los recodos que cruzan las perfumadas junglas de Kled. Carter habría querido poder desembarcar en este lugar, porque en esas malezas tropicales duermen asombrosos palacios de marfil, solitarios pero bien conservados, donde un día habitaron los reyes fabulosos de un país cuyo nombre no recuerda. En virtud de los hechizos de los dioses arquetípicos, estos sitios se conservan libres de daño y de envejecimiento, porque está escrito que un día los podrían necesitar para sí. Y los conjuntos de elefantes los han visto de lejos, a la luz de la luna, pero nadie se atreve a aproximarse a ellos por miedo a los guardianes que vigilan en sus sombras. El barco continuó veloz y la oscuridad silenció los murmullos del día, y las primeras estrellas brillaron en respuesta a las tempranas luciérnagas de las orillas, mientras la selva iba quedando atrás y emanaba hacia ellos una fragancia que era como un recuerdo de su presencia. Durante toda la noche avanzó el galeón y cruzó misterios invisibles e impensados. Un centinela mostró la presencia de hogueras sobre las lomas del este, pero el adormecido capitán dijo que lo más sensato era no verlas demasiado, ya que no se sabía con seguridad qué clase de seres las habían encendido.

Por la mañana, el río se había ensanchado considerablemente y Carter intuyó, por las casas que se alineaban en las orillas, que debían encontrarse muy cerca de la gran ciudad comercial de Hlanith, frente al Mar Cerenario. Aquí los muros eran de tosco granito y las casas, construidas de vigas y yeso, se veían maravillosamente erizadas de buhardillas. Los hombres de Hlanith son, de todos los habitantes de los países soñados, los más parecidos a la humanidad del mundo despierto, de manera que a esta ciudad solo se llega por el interés de los negocios, pero es apreciada por el excelente trabajo de sus artesanos. Los muelles de Hlanith son de madera de roble y en ellos atracó el galeón mientras el capitán bajaba a tratar sus negocios en las tabernas. Carter también bajó a tierra y recorrió con curiosidad las calles plagadas de surcos, donde transitaban coches tirados por bueyes y vendedores que ofrecían sus mercancías a grito pelado en la puerta de los bazares. Todas las tabernas marineras estaban muy próximas a los muelles en unos callejones empedrados y manchados del salitre que dejaban las pleamares, y tenían una apariencia inusitadamente antigua, con sus bajos techos ennegrecidos y sus verdosas ventanas en forma de ojo de buey. Los antiguos marineros, clientes de aquellas tabernas, mencionaban con frecuencia lejanos puertos y narraban muchas historias sobre los curiosos moradores de la crepuscular Inquanok, pero en general, agregaron muy poco a lo que ya le habían dicho los tripulantes del galeón. Por último, después de descargar y cargar de nuevo, el barco zarpó hacia poniente y las altas murallas y las buhardillas de Hlanith se fueron achicando en la lejanía mientras la última luz del día les brindaba un encanto y una belleza que la mano del hombre no puede brindar.

Dos noches y dos días navegó el galeón por el Mar Cerenario, sin ver tierra y sin cambiar saludos más que con una nave solitaria. Y al segundo día, cuando faltaba muy poco para que el sol se pusiera, vieron el nevado pico de Arán con sus colinas cubiertas de cimbreantes ginkgos y Carter vislumbró que estaban llegando al país de Ooth-Nargai y a la maravillosa ciudad de Celefais. En seguida se mostraron los brillantes minaretes de aquel pueblo fabuloso y el mármol de sus murallas rematadas por estatuas de bronce y el gran puente de piedra construido donde el Naraxa se junta con el mar. Luego surgieron las suaves colinas que se levantan tras la ciudad, las arboledas, los jardines de asfódelos con sus mil templetes, las cabañas y, al fondo de todo, la purpúrea cordillera Tanaria, vigorosa y mística, tras la cual se encuentran los caminos prohibidos que conducen al mundo despierto y a otras regiones del País de los Sueños.

El puerto estaba lleno de coloreadas galeras, algunas de las cuales venían de Serannia, ciudad de mármol y nubes que se encuentra en los espacios sutiles más allá de la línea que une el mar con el cielo. Otras venían de lugares más consistentes del País de los Sueños. El timonel se abrió camino por entre todos los navíos hasta los muelles olorosos de especias y, a oscuras, los marineros amarraron allí el galeón mientras las infinitas luces de la ciudad comenzaban a brillar sobre el agua. Esta inmortal ciudad de fantasía lucía eternamente nueva, porque el tiempo aquí no posee poder destructor alguno. Y la ciudad de turquesa de Nath-Horthath es como siempre ha sido y sus ochenta sacerdotes coronados de orquídeas son los mismos que la levantaron hace diez mil años. El bronce de sus grandes puertas aún brilla y jamás sufrió ningún deterioro el ónice de sus pavimentos. Y las inmensas estatuas de bronce que decoran sus murallas observan a unos mercaderes y conductores de camellos que son más antiguos que las mismas leyendas, aunque jamás se ponga gris el pelo de sus agrietadas barbas.

Carter no se puso a buscar de momento templo alguno, ni palacio ni ciudadela, sino que continuó junto a la muralla cerca del mar, entre mercaderes y marineros. Y cuando ya se hizo muy tarde para escuchar historias y relatos, buscó una vieja taberna ya conocida por él y reposó soñando con los dioses a quienes buscaba de la desconocida Kadath. Al día siguiente, caminó por los embarcaderos para ver si hallaba alguno de aquellos misteriosos marineros de Inquanok, pero le dijeron que no había ninguno por allí ya que sus galeras no llegarían a aquel puerto por lo menos en dos semanas. Halló sin embargo, a un marinero thorabonio que había estado en Inquanok y había trabajado en las canteras de ónice de aquella ciudad crepuscular, y este marinero le confesó que, efectivamente, al norte de la región habitada se prolongaba un desierto que todo el mundo parecía temer y evitar. El thorabonio pensaba que este desierto cercaba las últimas ramificaciones de los inaccesibles picos centrales de la terrible meseta de Leng y que ese era el motivo por el que los hombres lo temían. No obstante, reconoció además, que las personas hacían alusiones no muy claras a presencias perversas y detestables centinelas. No podía decir si ese desierto era o no la fabulosa helada inmensidad en la que se hallaba la desconocida Kadath, pero le parecía poco probable que tales presencias y centinelas, si era cierto que existían, estuvieran allí sin alguna razón.

Al día siguiente, Carter subió por la Calle de los Pilares hasta el templo de turquesa y conversó con el Sumo Sacerdote. Aunque en Celefais se adora sobre todo a Nath-Horthath, en los rezos diarios se cita a todos los

Grandes Dioses y el sacerdote conocía bastante bien el talante y las costumbres de estos. Como hiciera Atal en la lejana Ulthar, le recomendó fervientemente que no intentara mirarlos, afirmando que son irritables y caprichosos y que se hallan bajo la extraña protección de los desalmados Dioses Otros del exterior, cuyo espíritu y mensajero es Nyarlathotep, el caos reptante. El celo con que escondían la maravillosa ciudad del sol poniente ponía claramente de relieve su deseo de que Carter no llegara a ella y no se sabía cómo verían a un forastero cuyo objetivo era llegar hasta ellos para hacerles un ruego. Ningún hombre había hallado jamás la ciudad de Kadath en el pasado y muy bien pudiera ser que tampoco la encontrara nadie en el futuro. Además, los rumores que circulaban sobre el castillo de ónice de los Grandes Dioses no eran tranquilizadores ni muchísimo menos.

Después de agradecer al Sumo Sacerdote coronado de orquídeas, Carter salió del templo en busca de cierta carnicería donde se vendía carne de oveja, pues allí vivía brillante y feliz el viejo jefe de los gatos. Aquel digno y gris felino se encontraba tendido placenteramente al sol en el pavimento de ónice y al acercarse el visitante lo saludó con un gesto lánguido. Pero cuando Carter se presentó y mencionó la contraseña que le había dado el viejo general de Ulthar, el brillante patriarca se volvió más cordial y comunicativo, y le narró muchos secretos que saben los gatos de la costa de Ooth-Nargai. Y lo que fue aún más interesante, es que le mencionó también algunos detalles que los gatos del puerto de Celefais le habían comunicado, no sin cierto recelo, acerca de los hombres de Inquanok, en cuyos lúgubres barcos no quiere navegar ningún gato.

Al parecer, esos hombres están cubiertos por un aura extraterrestre, aunque esta no es la causa por la que los gatos no quieren navegar en sus barcos. El motivo de este rechazo radica en que Inquanok abriga algunas sombras que ningún gato puede soportar, de manera que en todo ese reino donde impera el frío crepuscular, jamás se escuchan alegres maullidos ni ronroneos hogareños. Nadie sabe si esas sombras pertenecen a seres que han cruzado los impenetrables picos de la meseta de Leng, de cuya misma existencia se duda o a los que penetran por el norte procedentes del frío desierto. En cualquier caso, sobre esas tierras lejanas domina como un augurio de otros mundos u otras dimensiones que no les gusta a los gatos, pues estos animales son más sensibles que los hombres a tales experiencias. Esta es la causa por la que no quieren embarcarse en los oscuros barcos que zarpan rumbo a los muelles de basalto de Inquanok.

El viejo jefe de los gatos le dijo también dónde hallar a su amigo el rey Kuranes, que en los últimos sueños de Carter había regido alternativamente en el palacio de las Siete Delicias de Celefais construido en cuarzo rosa y en el amurallado castillo de nubes de Serannia, ciudad que flota en el cielo. Parecía que ya no encontraba alegría en aquellos lugares fabulosos y sentía una creciente nostalgia por los acantilados ingleses y por las tierras bajas de su niñez, donde existen pueblitos de

ensueño en los que durante la noches, se escuchan tras
las celosías de las ventanas viejas canciones inglesas y
cuyos grises campanarios se muestran por encima del
verdor de los lejanos valles. Kuranes no podía regresar
a estas delicias del mundo despierto porque su cuerpo
había muerto, pero había logrado una aceptable com-
pensación al soñar una reconstrucción de su paisaje natal junto al barrio este de la ciudad, donde los prados
se abren suavemente desde los acantilados hasta el pie
de los Montes Tanarios. Allí habitaba él en una mansión gótica de piedra gris con vista al mar y trataba de
convencerse de que era la vieja Trevor Towers, donde él
y trece generaciones de antepasados habían visto la luz
por primera vez. En la costa vecina había reconstruido
un pueblito pesquero de Cornualles, con tortuosos callejones empedrados, instalando en él a personas con
facciones marcadamente inglesas, a las cuales trataba
siempre de inculcar el acento —que a él lo llenaba de
nostalgia— de los viejos pescadores de aquella zona. Y
en el valle cercano había levantado una gran abadía de
estilo normando cuya torre podía ver desde su ventana, y alrededor de ella, en el cementerio que la rodeaba, había soñado unas lápidas con los nombres de sus
antecesores esculpidos en su piedra, que él recordaba
cubierta de musgo parecido al de la vieja Inglaterra.
Pues aunque Kuranes era el rey del País de los Sueños y
eran suyas todas las imaginables pompas y maravillas, y
toda la radiante magnificencia de los sueños, y aunque
disponía a voluntad de todos los placeres y delicias, de

las novedades y los incentivos más escudriñados y exóticos, de buena gana habría abandonado para siempre todo este lujo y poderío, con tal de volver a ser por un día, tan solo un joven de aquella Inglaterra pura y tranquila, de aquella vieja y amada Inglaterra que había modelado su alma y de la cual siempre formaría parte.

Carter no intentó buscar el palacio de cuarzo rosa después de despedirse del viejo jefe de los gatos, sino que se dirigió hacia las puertas orientales de la ciudad. Atravesó los campos sembrados de margaritas y fue hacia una torre puntiaguda que descollaba entre los robles de un parque que subía hasta el borde mismo de los acantilados. Alcanzó una gran verja y en ella halló una entrada flanqueada por una casita de centinela construida de ladrillo y cuando hizo repicar la campana, no salió cojeando ningún criado acicalado y untuoso, sino un viejo bajito y estirado vestido con una camisa de obrero que se esforzaba por copiar el singular acento de Cornualles. Carter penetró por el sombrío camino que avanzaba entre unos árboles muy parecidos a los de Inglaterra y subió por las terrazas que se encontraban entre jardines trazados como en los tiempos de la reina Ana. En la puerta, que estaba flanqueada por unos gatos de piedra como en los viejos tiempos, fue recibido por un encargado de grandes patillas y vestido de levita. Este lo llevó enseguida a la biblioteca, donde Kuranes, señor de Ooth-Nargai y de la parte del cielo que rodea Serannia, pensaba sentado junto a la ventana mientras observaba su pueblito pesquero y extrañaba a su vieja nodriza, la cual solía regañarle cuando ya estaba esperando la carroza y a su madre, a punto de perder los nervios, porque no estaba listo a tiempo para aquella insoportable reunión campestre en casa del sacerdote.

Kuranes, vestido con una bata que los sastres londinenses habían puesto de moda en su juventud, se alzó con prisa para recibir a su visitante, porque la presencia de un anglosajón que venía del mundo despierto le resultaba entrañable, aun cuando se tratara de un sajón de Boston, Massachusetts y no de Cornualles. Y conversaron largamente de los viejos tiempos y ambos encontraron mucho que contarse, ya que los dos eran viejos soñadores y muy versados en las maravillas y en los sitios increíbles. Kuranes, en efecto, había estado más allá de las estrellas, en el vacío final, y se decía que era el único que había regresado de tal viaje en su sano juicio.

Finalmente, Carter sacó a relucir el tema que le inquietaba y le hizo a su anfitrión las preguntas que ya había hecho tantas veces. Kuranes no sabía dónde se hallaban ni Kadath ni la maravillosa ciudad del sol poniente; pero sabía que los Grandes Dioses eran seres demasiado peligrosos para ir a buscarlos y que los Dioses Otros tenían inusuales maneras de protegerlos contra toda curiosidad impertinente. Había escuchado muchas cosas sobre los Dioses Otros en las alejadas regiones del espacio, particularmente en una zona en la que no existe forma alguna y donde algunos gases multicolores descubren los secretos más ocultos. El gas violeta S'ngac le había narrado cosas terribles de Nyarlathotep, el caos reptante, recomendándole que no se acercara jamás al vacío central donde roe hambriento el sultán de los demonios, Azathoth, rodeado en tinieblas. Igualmente, tampoco era sensato tener ningún trato con los Dioses Otros, y si persistentemente impedían todo acceso a la maravillosa ciudad del sol poniente, lo mejor sería no insistir en buscar esa ciudad.

Además, Kuranes dudaba que su invitado pudiera lograr nada positivo con ir a la ciudad, aun cuando lograra entrar en ella. Él también había soñado y suspirado durante largos años por la encantadora Celefais y por la tierra de Ooth-Nargai y había deseado vivamente la libertad, el color y la maravillosa experiencia de una vida sin ataduras, convencionalismos y estupideces. Pero ahora que habitaba en esta ciudad y en este país y era el rey de todo esto, notaba que la libertad y la intensidad de vivir se concluyen muy pronto, haciéndose monótonas por falta de vinculación con sentimientos y recuerdos firmes. Él era el rey de Ooth-Nargai, pero esto no significaba nada, pues recordaba con tristeza las cosas familiares de Inglaterra que había experimentado en su lejana juventud. Él daría todo este retiro por escuchar nuevamente el lejano repicar de las campanas de Cornualles y las mil torres de Celefais, a cambio de los familiares y picudos techos del pueblito cercano a su casa natal. Por ello le mencionó a su huésped, que seguramente no hallaría en aquella desconocida ciudad del sol poniente la felicidad que estaba buscando, y que tal vez sería mejor que la apreciara como un sueño esplendoroso y evanescente. Porque Kuranes había visitado con frecuencia a Carter en los antiguos días de su vida despierta y conocía muy bien las fascinantes laderas de Nueva Inglaterra que lo vieron nacer.

Él estaba seguro de que, al final, el viajero terminaría suspirando por revivir las vivencias de su primera infancia, el resplandor de Beacon Hill al atardecer, los elevados campanarios y las sinuosas y empinadas calles de la hermosa ciudad de Kingsport, los respetables tejados de la antiquísima y embrujada Arkham, las radiantes praderas, los valles cruzados de onduladas cercas de piedra y los blancos techos de las casas de campo que se muestran entre verdes macizos. Le mencionó todo esto a Randolph Carter pero él continuó aferrado a su propósito. Al final, cada uno mantuvo su postura y Carter regresó a Celefais a través de las puertas de bronce y descendió por la Calle de los Pilares hasta la antigua muralla vecina al mar, donde volvió a hablar con los marineros que venían de lejanos puertos y esperó a que llegara el tenebroso barco de la fría Inquanok crepuscular, cuyos marineros y traficantes de ónice tienen semblantes inusuales y llevan sangre de los Grandes Dioses en las venas.

Una noche estrellada en que un lucero iluminaba el amarradero con brillante claridad, llegó al puerto el tan esperado barco y sus tripulantes y mercaderes de exóticos rostros fueron dejándose ver, de uno en uno y en pequeños grupos, por las tabernas que se encuentran a lo largo de los muelles. Era apasionante ver nuevamente en unos rostros vivientes los divinos rasgos del pétreo rostro del Ngranek. Sin embargo, Carter no se apuró en hablar con aquellas silenciosas personas. Aún no sabía si aquellos hijos de los Grandes Dioses serían demasiado soberbios o reservados, o qué sutiles y excelsos recuerdos tendrían en su memoria. Pero estaba seguro de que no era el momento de abordarles para hablar de su empresa o para preguntarles por el frío desierto que se amplía al norte de sus tierras crepusculares. Conversaban poco con los otros parroquianos de aquellas antiguas tabernas portuarias y se sentaban en grupos en los rincones menos iluminados del local para entonar canciones misteriosas de lugares desconocidos o para narrar relatos con exótico acento que no se parecía en nada al del resto del País de los Sueños. Y tan extrañas y emocionantes eran aquellas tonadas y narraciones, que en los rostros de quienes los oían podía intuirse todo su misterio aun cuando las palabras no resultaran más que extrañas cadencias y suaves melodías para los oídos profanos.

Toda una semana estuvieron asistiendo a la taberna los marineros de Inquanok, mientras los traficantes hacían sus negocios en los mercados de Celefais y antes de que zarparan, Carter compró un pasaje en el tenebroso barco diciendo que era un antiguo minero que había trabajado en las minas de ónice y que quería regresar a trabajar en sus canteras. El barco era fastuoso y estaba delicadamente tallado en madera de teca con incrustaciones de ébano y trazados de oro y el camarote que le ofrecieron tenía cortinas de seda y terciopelo. Una mañana, al subir la marea, izaron las velas, levaron anclas, y Carter, de pie en lo alto de la popa, vio perderse en la distancia, iluminados por los primeros rayos del sol, los dorados minaretes y las estatuas de bronce de la ciudad sin tiempo de Celefais, mientras que la nevada cumbre del Monte Arán se iba haciendo cada vez más pequeña. Hacia el mediodía solo podían ver el suave azul del Mar Cerenario y una galera coloreada que, a lo lejos, navegaba con destino al reino de Serannia donde el mar se une al cielo.

La noche llegó con resplandecientes estrellas y el oscuro barco puso proa al Carro y a la Osa Menor, que se movía suavemente muy cerca del polo. Y los tripulantes cantaron exóticas canciones de lugares desconocidos y fueron subiendo al castillo de proa uno por uno, mientras que los reservados vigías susurraban viejos cantos y se asomaban sobre la borda para observar cómo jugaban los peces luminosos junto a la quilla debajo el agua. Carter se fue a dormir a las doce de la noche y se levantó con las primeras luces de la mañana, notando que el sol se encontraba mucho más al sur de lo que a él le habría gustado. Y durante todo el día adelantó en cuanto a su comunicación con los hombres del barco, pues muy poco a poco les fue haciendo hablar de su fría tierra crepuscular, de su delicada ciudad de ónice y de su miedo a los altísimos e inaccesibles picos más allá de los cuales se encuentra, según dicen, la meseta de Leng. Los marineros le revelaron que sentían muchísimo que los gatos no quisieran vivir en la tierra de Inquanok y que estaban convencidos de la causa era la oculta cercanía de Leng. De lo que no conversaron fue sobre el desierto de piedra que se encuentra al norte, pues había algo amenazador alrededor de ese desierto y creían que lo más sensato era no admitir su existencia.

Durante los días que siguieron hablaron acerca de las canteras en las que Carter mencionaba que iba a trabajar. Eran numerosas, ya que no solo toda la ciudad de Inquanok estaba elaborada de ónice, sino que además usaban grandes bloques pulidos de este material en los mercados de Rinar, Ogrothan y Celefais, o allí mismo eran vendidos a negociantes venidos de Thara, Ilarnek y Katatheron, cambiándolos a veces por hermosos artículos originarios de aquellos puertos fabulosos. Y muy al norte, llegando al desierto de hielo cuya existencia no quieren reconocer los hombres de Inquanok, existía una cantera excepcional mucho más grande que todas las demás, y de allí se habían obtenido en tiempos inmemoriales bloques tan asombrosos y enormes, que las perforaciones que habían dejado, inundaban de terror al que las miraba. Nadie sabía quién había extraído aquellos bloques extraordinarios, ni dónde habían sido llevados. Pero creían que era mejor no pisar aquella cantera, porque era muy posible que aún mantuviese algún vínculo con aquellos que antaño trabajaran en ella. Y la inmensa cantera quedó abandonada en el ocaso y solo el cuervo y el legendario pájaro *shantak* habitan en sus inmensidades. Cuando Carter escuchó aquello, experimentó una profunda impresión, pues por viejas leyendas sabía que el castillo que ostentan los Grandes Dioses en lo más elevado de Kadath es de ónice.

Cada día, la curva que el sol dibujaba en el cielo era más baja y las brumas que se observaban a proa se iban haciendo más y más cerradas. Al cabo de dos semanas, el sol dejó de salir en absoluto y no hubo más luz que una extraña claridad grisácea y crepuscular que se colaba a través de una cúpula de nubes eternas durante el día y una fría luminosidad sin estrellas que surgía de la cara inferior de aquellas mismas nubes durante la noche. Al vigésimo día vieron a lo lejos un gran farallón desgarrado, que era el primer rastro de tierra que veían desde que dejaron detrás la nevada cumbre del Arán. Carter le preguntó al capitán el nombre de aquella roca, pero le respondió que no tenía nombre y que jamás se le aproximaba ningún barco motivado a ciertos ruidos que nacían en su interior durante la noche. Y cuando después de oscurecer surgió un aullido lúgubre y continuo de aquella roca de granito, el viajero se alegró al saber que no se detendrían en ese lugar y de que la roca no tuviera ningún nombre. La tripulación rezó y cantó hasta silenciar el aullido y Carter tuvo unos sueños pavorosos durante las primeras horas de la madrugada.

Dos días después de ver la roca aulladora surgió a lo lejos, hacia el oeste, una formación de altos picachos cuyas cúspides se perdían entre las nubes perpetuas de aquel mundo vespertino y al observarlos, los marineros elevaron alegres canciones y otros se arrodillaron sobre la cubierta para rezar, por lo que Carter percibió que estaban llegando a la tierra de Inquanok y que no demorarían en atracar en los muelles de basalto de la inmensa ciudad que llevaba el nombre del país. Hacia el mediodía surgió el oscuro perfil de la costa y antes de las tres observaron surgir, hacia el norte, las cúpulas abultadas y las fabulosas agujas de la ciudad de ónice. Extraña y única, aquella arcaica ciudad se levantaba amurallada tras los rompeolas del puerto y era toda de un sutil color negro adornada con volutas, estrías y arabescos dorados. Las casas eran altas y mostraban muchas ventanas, las fachadas estaban decoradas con flores talladas y motivos cuya misteriosa simetría deslumbraba los ojos con una belleza más radiante que la luz. Algunas estaban adornadas con hinchadas bóvedas que terminaban en afilada punta, otras con pirámides escalonadas finalizadas en minaretes que ponían en evidencia una exuberante imaginación. Los muros eran bajos y tenían cuantiosas puertas, cada una de ellas estaba coronada por un gran arco más alto que las paredes del propio muro, concluido con la cabeza de un dios labrada con la misma perfección que el monstruoso rostro del distante Ngranek. En una colina ubicada al centro de la ciudad se levantaba una torre de dieciséis lados cuyas medidas eran mucho mayores que las de los restantes edificios, y cuyo elevadísimo campanario terminaba en un capitel sostenido por una aplastante cúpula. Según los marineros, este era el templo de los Dioses Arquetípicos, regido por un sumo sacerdote ya anciano y afligido por tantos secretos misteriosos.

De vez en cuando, el repicar de una extraña campana sacudía el aire de la ciudad de ónice y cada vez que sonaba, era replicado por unos sonidos místicos que ejecutaba un grupo de cuernos, violas y voces. De una línea de trípodes que se formaban en una galería circundando la elevada cúpula del templo, emergía en algunos momentos un brillo de fuego, pues debe señalarse que los sacerdotes y las personas de esta ciudad son juiciosos practicantes de sus ritos fundamentales y fieles conservadores de los himnos de los Grandes Dioses, tal como se conservan en algunos pergaminos más viejos aún que los *Manuscritos Pnakóticos*. Cuando el barco cruzó el inmenso rompeolas de basalto y entró en el puerto, se pudieron escuchar los ruidos pequeños de la ciudad, y Carter vio abundantes esclavos, marineros y mercaderes en los muelles. Los marineros y los mercaderes tenían el mismo raro rostro de los dioses, pero los esclavos eran regordetes, de ojos oblicuos y, por lo que se decía, habían llegado atravesando la impenetrable cadena de montes —o quizá evitándola dando un rodeo— desde los valles del otro lado de la meseta de Leng. Los muelles se encontraban afuera de los muros de la ciudad y en ellos se acumulaba todo tipo de mercancías descargadas de las naves fondeadas allí, y en un extremo había inmensos depósitos de ónice, labrado y sin labrar, esperando a ser embarcados con rumbo a los lejanos mercados de Rinar, de Ogrothan y de Celefais.

No había comenzado a oscurecer, cuando el oscuro barco atracó en el muelle de piedra y todos los marineros y mercaderes bajaron y entraron en la ciudad por el pórtico de arco elevado. Las calles de la ciudad estaban cubiertas de ónice, y unas eran amplias y rectas y otras tortuosas y estrechas. Las casas que estaban junto al mar eran más bajas que las demás y sobre los arcos de sus puertas había algunos símbolos dorados en honor, al parecer, de los dioses familiares que las protegían. El capitán del barco fue con Carter a una antigua taberna donde se contrataban marineros de países exóticos, le ofreció que al día siguiente le mostraría los encantos de la ciudad crepuscular y que lo llevaría a la taberna que frecuentaban los mineros en las proximidades de la muralla norte. Al caer la noche se prendieron las lámparas de bronce y los marineros de la taberna corearon canciones de lejanos lugares. Pero cuando el repique de la gran campana del más alto campanario resonó por toda la ciudad y se escuchó la misteriosa respuesta al son de los cuernos y las violas acompañado por cánticos y coros, los marineros callaron y se inclinaron en silencio, hasta que se hubo finalizado el último eco. Esta es una de las curiosidades y encantos de la ciudad crepuscular de Inquanok, cuyos moradores temen omitir sus ritos por miedo a que caiga sobre ellos una maldición y una venganza insospechadamente cercana.

En un tenebroso rincón de la taberna Carter vio una figura achaparrada que le estremeció desagradablemente. Sin lugar a dudas, se trataba de aquel negociante de ojos rasgados que había observado en las tabernas de Dylath-Leen de quien se decía que traficaba con los espantosos pueblos de piedra de Leng, jamás conocidos por hombres de sano juicio y cuyos malignos fuegos se ven de lejos durante la noche. También se hablaba de que el individuo tenía relaciones con ese gran sacerdote inimaginable que esconde su rostro bajo una máscara de seda y vive solo en un prehistórico templo de piedra. Los ojos de este hombre mostraron un brillo especial de inteligencia la vez que escuchó a Carter preguntar a los mercaderes de Dylath-Leen por la helada inmensidad y la ciudad de Kadath. Y en verdad, su presencia ahora en la lóbrega y hechizada ciudad de Inquanok no tenía nada de tranquilizadora. Antes de que Carter pudiera decirle una palabra, desapareció sigilosamente de la taberna y los marineros le comentaron después que había llegado en una caravana de yaks oriunda de algún lugar no bien determinado, cargada de gigantescos y sabrosísimos huevos de los fabulosos pájaros *shantaks* para canjearlos por las exquisitas copas de jade que otros negociantes traían de Ilarnek.

A la mañana siguiente, el capitán acompañó a Carter por las sombrías calles de ónice de Inquanok bajo el cielo crepuscular. Las puertas labradas, las fachadas revestidas de frescos y bajorrelieves, los balcones tallados y los miradores acristalados, brillaban con un encanto misterioso y sombrío, ya que a cada paso se extendían ante ellos nuevas plazas decoradas de negros pilares, columnatas y estatuas de seres extraños, igualmente humanos y fabulosos. Casi todos los puntos de vista, ya fueran desde calles largas y rectas o de callejones laterales, o desde las cúpulas abultadas, las agujas de campanario y los techos cubiertos de arabescos, eran increíblemente fantásticos y bellos. Pero nada resultaba tan impresionante como el esplendoroso bloque central del gran templo de los Dioses Arquetípicos: la gigantesca torre de dieciséis caras, todas ellas talladas con su cúpula aplastada y su altísimo campanario acabado por un capitel que sobresalía por encima de todos los edificios. Y hacia oriente, muy distante de los muros de la ciudad, más allá de los inmensos pastizales, se alzaban los costados grises de aquellos picos inaccesibles tras los que, según se decía, estaba la aterradora meseta de Leng.

El capitán acompañó a Carter hacia aquel templo imponente que encierra un jardín cubierto en una inmensa plaza circular desde donde las calles arrancan como los rayos de una rueda. Las siete puertas del jardín, con sus altos arcos coronados de rostros tallados como los de las puertas de la ciudad, se hallan siempre abiertas y las personas circulan respetuosas por los caminos enlosados y por senderos rodeados de bustos extravagantes y altares dedicados a las divinidades menores. Hay allí surtidores, estanques y fuentes de ónice donde fulguran las llamas de los trípodes que a menudo se encienden en la elevada terraza y en sus aguas se mueven unos pececitos resplandecientes traídos por los buzos de las zonas más profundas del océano. Cuando el grave repicar de la campana del templo hace vibrar el aire sereno del jardín y de toda la ciudad, y la respuesta de cuernos, violas y cánticos brotan de los siete recintos que rodean las puertas del jardín, emergen de las siete puertas del templo las largas filas de sacerdotes encapuchados, cubiertos con negros ropajes, llevando en las manos grandes cuencos dorados de los que brota un vapor singular. Y las siete columnas avanzan en fila de a uno, caminando todos con las piernas estiradas y sin doblar las rodillas, hasta los siete recintos, en donde entran para no volver a salir. Se dice que unos pasajes subterráneos unen tales recintos con el templo, y que las largas filas de sacerdotes regresan al templo por dicho camino y también circula el rumor de que hay unas escaleras de ónice que bajan hasta unas profundidades cuyos misterios no se han descubierto jamás. Inclusive, hay quienes sugieren que esos sacerdotes encapuchados no son seres humanos.

Carter no entró en el templo porque nadie puede hacerlo, excepto el Rey Velado. Pero antes de dejar el jardín sonó la campana y escuchó el repique vibrante y ensordecedor y el lamento de cuernos, violas y cánticos que venía de los recintos que estaban cerca de las puertas. Y comenzaron a caminar por las siete grandes avenidas, con su paso singular, las largas columnas de sacerdotes portadores de cuernos causaron en el viajero una inquietud que ningún sacerdote humano habría podido causarle nunca. Cuando hubo desaparecido el último, él y el capitán se fueron del jardín y vieron al pasar una mancha que quedó en el pavimento, de algo que había caído de los cuencos. Al capitán tampoco le agradó aquella mancha, y apremió a Carter para que, sin más demora, fuera a visitar la colina donde se encuentra el estupendo palacio de múltiples cúpulas en donde habita el Rey Velado.

Las calles que se dirigen al palacio de ónice son todas angostas y empinadas excepto una ancha y sinuosa por la que el rey y sus acompañantes cabalgan encima de yaks. Carter y su guía avanzaron por un callejón escalonado, entre muros decorados que mostraban extraños signos trazados en oro, y circularon por debajo de balcones y miradores de donde a veces brotaban melodías y efluvios de exótico aroma. Frente a ellos seguían elevándose los muros colosales, los regios contrafuertes y las apiñadas y abultadas cúpulas por las que es tan afamado el palacio del Rey Velado, finalmente, pasaron por debajo de un gran arco de color negro y alcanzaron los jardines de reposo del monarca. Carter se detuvo en ellos sorprendido ante tanta belleza. Las terrazas de ónice y los paseos rodeados de columnas, los alegres jardines y los delicados arbustos floridos, las enredaderas rodeando las doradas celosías, las vasijas de bronce y los trípodes de delicados bajorrelieves, las fabulosas estatuas erguidas en podios de mármol veteado, las fuentes de fondos basálticos en cuyas aguas nadaban pececitos luminosos, las diminutas glorietas construidas en lo alto de columnas talladas, colmadas de iridiscentes pajaritos cantores, los maravillosos relieves de las inmensas puertas de bronce y las florecientes parras que subían por toda la superficie de los pulidos muros, se unían para componer un escenario cuya belleza superaba cualquier realidad, al punto de parecer una fabula inclusive en el mismo País de los Sueños. Todo brillaba como una gloriosa vista debajo del crepuscular cielo gris y delante de todo ello se alzaba la magnificencia del palacio con sus cúpulas y esculturas y el fantástico perfil de los distantes picos inaccesibles a la derecha del fondo. Los pajaritos y las fuentes cantaban eternamente, mientras el aroma de las exóticas flores se extendía como un velo por todo aquel jardín increíble. Allí no había más seres humanos que ellos dos y Carter se alegraba de ello. Luego bajaron nuevamente por el callejón de peldaños de ónice, porque a ningún visitante le está permitido entrar al palacio y no es conveniente entretenerse observando la gran cúpula central, ya que se dice que en ella habita el antiguo antecesor de todos los míticos pájaros *shantaks* y este puede mandarle sueños extraños a los curiosos.

Luego, el capitán llevó a Carter al barrio norte de la ciudad, cercano a la Puerta de las Caravanas, donde se encuentran las tabernas que frecuentan los negociantes de las caravanas de yaks, así como los mineros de las canteras de ónice. Y en esa zona, en una taberna de techo bajo, entre obreros de canteras, se dieron la despedida. El capitán se fue a sus negocios y Carter estaba deseoso de hablar con los mineros sobre aquellas misteriosas comarcas del norte. La taberna estaba llena de gente, y el viajero no aguardó mucho tiempo para hablar con algunos de aquellos hombres. Se presentó mencionando que era un antiguo minero de las canteras de ónice y que deseaba saber algunos detalles de las canteras de Inquanok. Pero la información que logró no añadió gran cosa a lo que ya sabía, porque los mineros eran retraídos y evasivos en lo referente al helado desierto del norte y a la cantera nunca visitada por seres humanos. Sentían miedo de los legendarios mensajeros que venían de aquella parte de las montañas donde se dice que está la meseta de Leng, también de las presencias malignas y los espantosos centinelas que vigilan en el norte por entre las rocas. Y comentaban, no sin cierto temor, que los pájaros *shantaks* no son seres protectores y normales y, que en definitiva, era una fortuna que nadie hubiera visto nunca ningún ejemplar (ya que al antiguo antecesor de los *shantaks*, que habita en la cúpula real, se le alimenta en la más completa oscuridad).

Al día siguiente, Carter alquiló un yak, diciendo que quería conocer las diferentes minas y visitar las granjas dispersas y los distantes pueblitos de ónice del país de Inquanok y llenó hasta arriba las inmensas alforjas de cuero dispuesto a comenzar su viaje. Una vez cruzada la puerta de las caravanas, la carretera avanzaba recta entre campos cultivados e infinidad de extrañas casitas de campo adornadas por cúpulas aplastadas. El viajero se paró a preguntar en varias de ellas y una de las veces dio con un propietario tan esquivo y reservado, de una majestuosidad y una fisonomía tan asombrosamente parecidas a la del rostro del Ngranek, que en el mismo instante en que lo vio supo que había llegado frente a la presencia de uno de los Grandes Dioses en persona, al menos, ante alguien por cuyas venas circulaban nueve décimas partes de sangre divina aunque habitara entre los hombres. Y cuando habló con aquel esquivo y reservado campesino, fue muy cuidadoso de hablar bien de los dioses y de agradecer todos los favores que siempre le habían otorgado.

Aquella noche Carter acampó en un prado vecino a la carretera bajo un árbol *lygath* en cuyo tronco amarró el yak y al amanecer reanudó su viaje hacia el norte. A eso de las diez de la mañana llegó al pueblo de Urg, de pequeñas bóvedas, donde suelen pararse a reposar los traficantes y los mineros de ónice y donde se relatan sus incidencias. Carter también se detuvo allí e hizo una ronda por las tabernas hasta el mediodía. En Urg es donde la gran ruta de las caravanas cruza hacia el ocaso en dirección a Selarn, pero Carter siguió hacia el norte por el camino de las canteras. Durante toda la tarde estuvo avanzando por aquella ruta ascendente, un poco más estrecha que la gran calzada, que cruzaba una región en la que ya se observaban más rocas que campos cultivados. Y al oscurecer, las lomas de la izquierda se habían transformado ya en negros peñascos de considerable altura, y Carter comprendió que estaba muy cerca de la zona minera. Durante todo este tiempo, los desnudos costados de los montes impenetrables se alzaron a su derecha, allá en la lejanía, y cuanto más penetraba en aquellas regiones, escuchaba decir peores cosas de aquellas montañas, a los granjeros, traficantes y carreteros que llevaban sus pesados carruajes cargados de ónice por los caminos.

La segunda noche descansó al abrigo de un gigantesco peñasco negro, amarrando su yak a una estaca clavada en el suelo. Observó la extraordinaria fluorescencia de las nubes en aquella zona septentrional y más de una vez le pareció observar ciertas sombras oscuras dibujarse contra ellas. Al tercer día alcanzó la primera cantera de ónice y saludó a los hombres que allí laboraban con picos y cinceles. Y había dejado detrás otras once canteras antes de que empezara a caer la tarde. Aquí el terreno era muy accidentado, con un sinfín de barrancos y riscos de ónice, y en el suelo no había ninguna forma de vegetación, solo enormes fracciones de rocas regadas por la tierra negra y los inaccesibles picos grises levantándose desnudos y siniestros a su derecha. La tercera noche permaneció en un campamento de mineros, cuyos fuegos vacilantes lanzaban fantásticos reflejos sobre los esplendidos peñascos del oeste. Y cantaron muchas canciones y narraron muchas historias, manifestando tan increíbles conocimientos sobre los tiempos antiguos y los hábitos de los dioses, que Carter se convenció de que ello se debía a los infinitos recuerdos latentes que habían heredado de sus antepasados los Grandes Dioses. Le preguntaron dónde se dirigía y le advirtieron que no debía penetrar demasiado al norte, pero él respondió que estaba investigando nuevos yacimientos de ónice y que no se expondría más de lo que se acostumbra entre los buscadores. Por la mañana se despidió de ellos y continuó su camino hacia el lúgubre norte, donde, según le contaron, hallaría la temida y nunca visitada cantera de la que unas manos más arcaicas que las del hombre habían extraído bloques prodigiosos. Pero, cuando ya se daba vuelta para decirles adiós por última vez, le pareció ver acercarse al campamento la figura achaparrada del viejo y sigiloso mercader de ojos oblicuos, cuyo aparente comercio con los seres de Leng era objeto de habladurías en la distante Dylath-Leen. Y esto no le agradó para nada.

Después de atravesar dos canteras más concluyó la zona habitada de Inquanok. El camino se estrechó transformándose en un empinado sendero de yaks, rodeado de peñascos siniestros y negros. Los picos lejanos y austeros se levantaban a su derecha, y a medida que Carter penetraba más y más en aquella zona inexplorada, todo se fue transformando en más oscuro y más frío. No tardó en darse cuenta que el negro sendero no tenía huellas de pisadas de yak y que, ciertamente, aquellos senderos desiertos y extraños databan de tiempos muy lejanos. De vez en cuando algún cuervo cruzaba graznando o se escuchaban fuertes aleteos tras alguna roca, lo que le hacía recordar con inquietud las leyendas que decían sobre los pájaros *shantaks*. Pero lo fundamental era que él estaba solo con su lanudo compañero y lo que le inquietaba era observar que su excelente yak se oponía cada vez más a avanzar, notándole por momentos más proclive a sobresaltarse al menor ruido.

El camino se estrechó a continuación entre paredes

negras y relucientes, y empezó a subir por una pendiente más inclinada que la anterior. El suelo era poco seguro y el yak resbalaba a menudo en las piedras regadas en el mismo sendero. Al cabo de dos horas, Carter encontró ante sí una cumbre de contornos definidos, más allá del cual solo se observaba un tenebroso cielo gris, y se sintió descansado ante la idea de hallar un trecho llano o cuesta abajo. Sin embargo, no fue empresa fácil alcanzar esa cresta, ya que la pendiente se acentuaba hasta hacerse casi perpendicular, resultando muy peligrosa a causa de la grava y las piedras sueltas. Finalmente, Carter desmontó y apoyando sus pies lo mejor que podía, guio a su atemorizado yak, arriándolo con todas sus fuerzas cuando el animal tropezaba o no quería seguir. Y así, de pronto, alcanzó la cima y miró frente a él y se quedó mudo de sorpresa al observar lo que había adelante.

El barranco continuaba recto y bajaba una suave pendiente, rodeado como antes por paredes de roca natural, pero a mano izquierda se extendía un monstruoso vacío de una amplitud de infinitos acres de donde algún prehistórico poder había cortado y arrancado los barrancos originales de ónice transformando el pozo en una cantera de gigantes. En la distante pared opuesta al precipicio, aún sobresalía la marca de una gubia gigantesca y en el fondo, la tierra mostraba inmensas aberturas. No era una cantera trabajada por los hombres y los huecos que quedaban en sus muros eran enormes y rectangulares, lo que daba una idea del tamaño de aquellos bloques que según decían, fueron tallados un día por manos y cinceles de seres sin nombre. Arriba, por encima de todas las rocas desgarradas, planeaban y graznaban cuervos gigantes y los sutiles rumores que emergían de las profundidades revelaban la presencia de murciélagos o de *urhags*, o tal vez de seres menos mencionables que moran en la absoluta oscuridad. Carter permaneció de pie en el angosto desfiladero, bajo la luz mortecina del crepúsculo, sin osar avanzar por el rocoso camino que descendía ante él. A su derecha, los altísimos farallones de ónice se alzaban hasta perderse de vista, a su izquierda, la roca mostraba colosales y espantosos cortes que hacían pensar en una cantera sobrenatural.

Repentinamente, el yak dejó escapar un mugido y se agitó enloquecido, brincó por encima de Carter y salió disparado, presa de pánico, huyendo en seguida por el estrecho desfiladero en dirección norte. Las piedras pateadas en su atropellada fuga rodaron hasta la orilla de la cantera y cayeron en el vacío tenebroso, sin que un solo sonido surgiera del fondo. Pero Carter desconocía los peligros de aquel camino y echó a correr detrás de su asustado yak. No tardaron en presentarse las rocosas paredes de la izquierda y el desfiladero volvió a estrecharse formando una especie de callejón y el viajero continuó corriendo detrás del yak, cuyas profundas huellas hacían evidente lo desesperado de su escape.

Por un instante, le pareció escuchar el desesperado patear del animal y por esa señal duplicó su esfuerzo en la carrera. Así avanzó varios kilómetros, y poco a poco, el camino se fue ampliando hasta que imaginó que no tardaría mucho en alcanzar el frío y espantoso desierto del norte. Los costados desnudos y grises de los inaccesibles picos lejanos se hicieron nuevamente visibles sobre los pedregales de la derecha y frente a él surgieron los peñascos y farallones de un espacio abierto, clara antesala de la tenebrosa e infinita planicie. De nuevo llegó hasta sus oídos el frenético patear de la tierra y con más claridad que el anterior. Pero ahora, en vez de animarlo, le produjo un auténtico espanto, porque se dio cuenta de que no eran las pisadas del yak. Aquella manera de patear era despiadada, meditada y, además, se escuchaba detrás de él.

La persecución del yak se transformó para Carter en la huida de un ser invisible, porque aunque no osaba mirar hacia atrás, sentía que la presencia que estaba tras él no tenía nada de natural o de definible. Su yak debió escucharla o presentido antes y Carter prefirió no cuestionarse si aquello le vendría siguiendo desde que saliera de la tierra de los hombres, o habría aparecido detrás de él en el pozo negro de la cantera. Mientras, las paredes rocosas habían quedado atrás, así que la imperiosa noche cayó sobre una grandiosa extensión de arena y rocas espectrales donde desaparecían todos los caminos. No pudo encontrar las huellas del yak, pero siguió escuchando tras él aquel infame patear acompañado de vez en cuando por lo que a él se le ocurría como un gigantesco y nervioso aleteo. Con pesadumbre se percató de que iba perdiendo terreno y de que se había perdido en aquel desierto de rocas impávidas y arenas jamás pisadas. Solo aquellos lejanos e inaccesibles picos a su derecha le servían como punto de referencia, pero cada vez los veía con menos claridad, a medida que la suave luz crepuscular le daba paso a un fulgor enfermizo que emanaba de las nubes.

Luego, hacia el norte, en la cada vez mayor oscuridad, observó, confusa y nubladamente, algo terrible. Durante unos instantes lo tomó por una cadena de montañas, pero luego observó que se trataba de algo más. La irradiación de las amenazadoras nubes lo delató visiblemente y perfiló sus siluetas contra el brillo de los vahos del horizonte. No pudo imaginar a qué distancia se encontraba, pero debía estar muy lejos. Tenía miles de metros de altura y formaba un gigantesco arco cóncavo desde los inalcanzables picos grises de oriente hasta los desconocidos espacios de occidente. Sin duda, había sido alguna vez una serranía de colosales montañas de ónice. Pero esas montañas habían dejado de serlo, porque unas manos más grandes que las del hombre las habían tallado. Calladas y abrigadas en el techo del mundo, como lobos o vampiros, adornadas de nubes y nieblas, aquellas siluetas resguardaban eternamente los secretos del norte. Formando un semicírculo, parecían atroces perros guardianes con sus patas derechas alzadas en un amenazador gesto contra la humanidad.

La luz temblorosa de las nubes creaba un efecto de movimiento en sus dobles cabezas mitradas, pero al continuar adelante, Carter vio levantarse de sus sombríos tocados unas figuras cuyo movimiento no podía ser resultado de la ilusión. Por momentos, aquellas figuras aladas fueron creciendo y el viajero comprendió que su recorrido había llegado a su fin. No eran pájaros o murciélagos comunes en otros espacios de la tierra o del País de los Sueños, estos eran más grandes que un elefante y tenían cabeza de caballo. Carter intuyó que aquellos eran los pájaros *shantaks* de terrible fama y no volvió a dudar sobre cuáles malignos guardianes y desconocidos centinelas hacían que los hombres esquivaran el retiro rocoso de la región septentrional. Cuando se paró resignado, finalmente vio detrás de sí y observó al achaparrado mercader de ojos oblicuos y mala fama, que venía a horcajadas sobre un esquelético yak a la cabeza de una asquerosa horda de espantosos *shantaks*, cuyas alas se notaban sucias del barro y el salitre de los pozos inferiores.

Randolph Carter no llegó a desmayarse a pesar de que estaba rodeado por aquellas fabulosas bestias hipocéfalas y aladas que hacían un círculo diabólico a su alrededor. Aquellas espantosas quimeras se elevaban gigantescas sobre él. El mercader de ojos oblicuos se bajó de su yak y se paró delante del prisionero con una sonrisa burlona. Entonces le hizo una mueca para que subiera a lomos de uno de aquellos asquerosos *shantaks* y lo ayudó, al ver que intentaba dominar su repugnancia. La tarea de subir fue difícil porque los pájaros *shantaks*, en vez de plumas, tienen escamas que son muy resbaladizas. Cuando Carter logró subir el hombre de los ojos oblicuos saltó detrás de él, dejando que uno de los insólitos monstruos voladores se fuera con su esquelético yak hacia el norte, en dirección al círculo de las montañas esculpidas.

Lo que continuó fue un aterrador torbellino en medio del gélido espacio. Volaron sin descanso en dirección este hacia los pelados flancos grises de aquellas cumbres inaccesibles, detrás de los cuales dicen que se halla la meseta de Leng. Subieron muy alto por encima de las nubes, hasta que Carter observó debajo de ellos las tradicionales cumbres que las personas de Inquanok nunca han contemplado, siempre cubiertas con sutiles velos de niebla radiante. Y las vio moverse con toda nitidez y en la parte más alta de sus cumbres divisó unas cavernas que le recordaron las del monte Ngranek, pero no quiso hacerle preguntas a su captor al notar que ese lugar le causaba un miedo particular tanto a él como al hipocéfalo *shantak*, el cual voló inquieto, presa de una fuerte tensión, hasta que las dejaron muy atrás.

El *shantak* descendió entonces y bajo el techo de nubes surgió una llanura gris y estéril donde se distinguían dispersos los fuegos ardiendo. Al bajar, lograron encontrar de vez en cuando alguna casita solitaria de granito y poblados de piedra negra cuyas imperceptibles ventanas resplandecían con una pálida luz. Y de estas casitas de campo y de estos poblados se escuchaban unos sonidos agudos de flautas y terribles ritmos de serpientes, lo que confirmó de inmediato la exactitud de los rumores que circulaban entre las personas de Inquanok. Los viajeros que han escuchado esos sonidos saben que solo pertenecen a esta región gélida y desierta que una persona sensata jamás querría visitar, a este oscuro sitio de perversidad y misterios que es la meseta de Leng.

Unas figuras oscuras danzaban alrededor de las débiles fogatas y Carter sintió curiosidad por saber qué tipo de criaturas podían ser aquellas. Las gente normal nunca ha estado en Leng y solo se ha podido ver de lejos el brillo de sus hogueras y de sus casas de piedra. Aquellas figuras saltaban lentamente y con torpeza y hacían contorsiones y movimientos realmente desagradables de observar, así que Carter ya no se sorprendió de la horrenda perversidad que les imputaban las viejas leyendas, ni del miedo que causaban en todo el País de los Sueños esta meseta gélida y detestable. Al volar más bajo el *shantak*, ese rechazo que le provocaban los danzantes se cubrió de cierta familiaridad siniestra. El prisionero posó la mirada en ellos y buscó en su caótica memoria la clave que le señalara dónde había visto seres parecidos anteriormente.

Saltaban como si tuvieran pezuñas en lugar de pies y parecían usar una especie de peluca o casco adornado con pequeños cuernos. No tenían nada más encima ya que su cuerpo estaba casi totalmente cubierto de pelos. Tenían una cola diminuta y cuando miraron hacia arriba, Carter advirtió la excesiva anchura de sus bocas. Entonces recordó lo qué eran y por qué lo que tenían en su cabeza no podía ser ni peluca ni casco a fin de cuentas. Los recónditos pobladores de Leng no eran sino los mismísimos asquerosos mercaderes de las negras galeras que traficaban rubíes en Dylath-Leen. ¡Los mercaderes casi humanos esclavos de los seres lunares con cuerpo de sapo! Sin duda, eran los mismos individuos que habían capturado a Carter hacía ya un largo tiempo, transportándolo en su hedionda galera. Los mismos que él había visto arrear en manadas por los asquerosos muelles de aquella detestable ciudad lunar donde los más delgados trabajaban y los más gordos eran trasladados en grandes cestas para satisfacer otras necesidades de sus amos poliposos y deformes. Ahora estaba claro de dónde venían aquellas criaturas ambiguas, y se inquietó ante el pensamiento de que sin duda, la meseta de Leng ya era antiguamente conocida por los monstruos con cuerpo de sapo que viven en la luna.

Pero el *shantak* siguió volando y dejó atrás los fuegos, las construcciones de piedra y los danzantes casi humanos, y se alzó sobre los áridos montes de granito gris y de las oscuras inmensidades de piedra, hielo y nieve. Amaneció y la fluorescencia de las nubes desapareció ante la indeterminada luz de aquel mundo septentrional y el horrible pájaro siguió volando con determinación, envuelto de frío y de silencio. En ocasiones, el hombre de los ojos oblicuos le hablaba a su montura en una espantosa lengua gutural y el *shantak* le contestaba con un grito chirriante y áspero como si raspara contra un suelo de cristal. Durante todo este tiempo, el terreno fue haciéndose más elevado y, finalmente, alcanzaron una meseta barrida por el viento que lucía como el mismo techo de un mundo olvidado y agónico. Allí, en la tranquilidad, en el crepúsculo, en el frío, se izaban solitarios los rudos bloques de una construcción ancha, solida y sin ventanas cercada por un círculo de torpes monolitos. En la distribución de aquellos elementos no existía nada de humano y Carter concluyó, por algunas referencias, que habían alcanzado el más espantoso y fabuloso de los lugares, el lejano y arcaico monasterio donde vive solo el gran sacerdote que no debe ser nombrado, quien oculta su rostro bajo una máscara de seda y venera a los Dioses Otros y a Nyarlathotep, el caos reptante.

Entonces el asqueroso pájaro se paró en el suelo y el hombre de los ojos oblicuos saltó a tierra y ayudó a descender a su prisionero. Carter logró a entender bastante bien con qué objeto había sido atrapado. Era evidente que el mercader de ojos oblicuos era mensajero de seres más sombríos y pretendía llevar ante sus amos a un hombre cuya vanidad había llegado al límite de intentar llegar a la desconocida Kadath, para hacerle una petición a los Grandes Dioses en su propio castillo de ónice. Y era muy posible que este mercader fuera el autor de su primer rapto, efectuado por los esclavos de los seres lunares en Dylath-Leen. Y ahora seguramente intentaba llevar a cabo aquello que los gatos habían frustrado la vez anterior, llevar a la víctima hasta el pavoroso Nyarlathotep y narrarle con qué osadía había intentado encontrar la desconocida Kadath. La meseta de Leng y la helada inmensidad que se amplía al norte de Inquanok debían estar muy cercanas a los Dioses Otros y el paso de allí a la ciudad probablemente se hallaría muy vigilado.

El hombre de los ojos oblicuos era pequeño, pero el gigantesco pájaro hipocéfalo estaba allí para vigilar que fuera obedecido, de tal forma que Carter lo siguió. Penetraron entonces dentro del círculo de menhires y luego cruzaron una puerta de arco muy bajo que daba entrada al rocoso monasterio sin ventanas. No había luz en su interior, pero el siniestro mercader encendió una lámpara de arcilla decorada con extraños bajorrelieves y empujó a su prisionero a través de un laberinto de angostos pasadizos. En las paredes de los corredores había pintadas pavorosas escenas, más arcaicas que la historia, y cuyo estilo habría sido totalmente desconocido para cualquier arqueólogo de la tierra. Después de infinitos milenios, los colores aún se conservaban frescos porque el frío y la aridez de la espantosa Leng permiten la conservación de muchas cosas desde tiempos primordiales. Carter pudo observarlas fugazmente bajo la luz vacilante de la lámpara, y se sacudió al reconocer lo que sus escenas relataban.

Estos antiguos frescos narraban las memorias de Leng y en ellos los seres cornudos con pezuñas y boca inmensa, casi humanos, danzaban malignamente en medio de olvidadas ciudades. Había pinturas de viejas guerras en las que los seres casi humanos de Leng combatían con-

tra las arañas hinchadas y purpúreas de los valles veci-
nos y también había escenas en las que se narraba la
llegada de las negras galeras de la luna y la dominación
del pueblo de Leng por los seres poliposos y deformes
que bajaban de ellas arrastrándose o retorciéndose de
manera asquerosa. Aquellos seres gelatinosos de color
gris claro habían sido venerados entonces como dioses
y ni un solo lamento escapó del pueblo sometido cuando observó cómo se llevaban por docenas a los machos
más gordos en las galeras negras. Las horrendas bestias
lunares habían asentado su campamento en una em-
pinada isla del mar y Carter pudo intuir de aquellos
frescos que esa isla no era otra que la roca solitaria sin
nombre que vio cuando navegaba rumbo a Inquanok.
La roca maldita que los marineros de Inquanok evita-
ron y de la que emergían espantosos aullidos cuando
caía la noche.

Aquellas pinturas también mostraban el gran puerto y la capital de los seres casi humanos, una ciudad
asombrosa y altiva cuyos columnas se levantaban entre
acantilados y muelles de basalto y cuyos altos templos
y extensas plazas estaban decoradas con estatuas. Tenía inmensos jardines y calles cercadas de columnas
que van desde los acantilados y de cada una de las seis
puertas rematadas por una esfinge, hasta la enorme plaza
central, y en esa plaza se encuentran un par de grandio-
sos leones alados protegiendo la entrada de una escalera subterránea. Esos ciclópeos leones alados estaban pintados muchas veces en aquellos frescos con sus

relucientes y poderosos flancos de diorita bajo la luz grisácea del crepúsculo durante el día, o bajo la nublada fluorescencia de las nubes durante la noche. Y de tanto pasar frente a las numerosas pinturas de esta ciudad, Carter entendió finalmente lo que en realidad significaban, y cuál era la ciudad que los seres casi humanos habían regido antes de que llegaran las galeras negras. No había ningún error ya que las leyendas del País de los Sueños son numerosas y reveladoras. Con toda certeza aquella ciudad era nada menos que la célebre Sarkomand, cuyas reliquias se blanqueaban al sol hacía más de un millón de años, antes de que el primer ser verdaderamente humano viera la luz y cuyos colosales leones gemelos protegen eternamente las escaleras que descienden del País de los Sueños hacia el Gran Abismo.

En otros paisajes estaban pintados los desnudos picachos de piedra gris que separan la meseta de Leng del país de Inquanok y en ellos estaban los monstruosos pájaros *shantaks* construyendo sus nidos en los rebordes de sus inclinadas laderas. También se veían las extrañas cavernas que se abren junto a las cúspides de los picos más altos, mostrando cómo hasta el más osado de los *shantaks* huye despavorido de esas cavernas. Carter las había observado cuando volaban sobre la cordillera, viendo el parecido que tenían con las del Ngranek. Ahora percibía con claridad que ese parecido era más que una casualidad, ya que en esos frescos también estaban dibujados sus terribles inquilinos, cuyas membranosas alas, cuernos retorcidos, colas puntiagudas, pezuñas prensiles y cuerpos grumosos no le eran desconocidos en absoluto. Ya, anteriormente, había observado esas criaturas rapaces de mudo vuelo, guardianes sin alma del Gran Abismo a quienes le huyen hasta los Grandes Dioses, cuyo señor no es Nyarlathotep, sino el honorable Nodens. Eran las descarnadas alimañas de la noche, que nunca ríen ni sonríen porque no poseen rostro y que vuelan infinitamente en la oscuridad que se prolonga entre el Valle de Pnath y los senderos que dan acceso al trasmundo.

Entonces, el mercader de los ojos oblicuos empujó a Carter dentro de un gran espacio abovedado cuyas paredes estaban revestidos de irreverentes bajorrelieves. En el centro se abría la boca de un pozo circular rodeado por seis piedras rituales plagadas de manchas horrendas. No había nada de luz en aquella cripta maloliente, y la lámpara del siniestro mercader iluminaba tan poco que Carter fue notando los detalles muy poco a poco. En el rincón opuesto había un alto pedestal de piedra al que se subía por cinco peldaños y allí, sentada en un trono de oro, se encontraba una pesada figura cubierta con vestiduras de seda amarilla con dibujos color rojo y con el rostro oculto por una máscara de seda del mismo color. Frente a esta figura, el hombre de los ojos oblicuos hizo algunos signos con las manos y el que vigilaba en las sombras respondió alzando entre sus patas vestidas de seda una flauta de marfil y soplando en ella sonidos repugnantes debajo de la flotante máscara amarilla. Así siguió ese diálogo durante un rato y Carter empezó a sentir algo terriblemente familiar en el sonido de aquella flauta y en el hedor de aquel lugar nauseabundo. Todo le hacía recordar una ciudad espantosa iluminada por luces rojas y en la execrable procesión que avanzaba por sus calles un día. También le recordaba su horrible ascenso por las regiones lunares, interrumpida cuando los amistosos gatos de la tierra se lanzaron en masa para rescatarlo. Carter sabía que la criatura del pedestal era, sin duda alguna, el gran sacerdote que no debe ser nombrado de quien las leyendas hacen suposiciones tan perversas y depravadas, y le daba miedo pensar qué clase de criatura podría ser aquel detestable sacerdote.

Entonces, inesperadamente, la figura cubierta de seda descubrió un poco una de sus grises pezuñas y Carter reconoció quién era el abominable sacerdote. Y en ese supremo trance, el terror lo impulsó a hacer algo que en su razón jamás habría osado intentar, ya que en su alterada conciencia solo había espacio para una sola cosa, escapar de aquel ser achaparrado sentado en aquel trono dorado. Sabía que estaba rodeado por un laberinto insuperable y luego por la fría meseta del exterior, sabía que después de la meseta estaban los repugnantes pájaros *shantaks* y, a pesar de todo ello su espíritu solo sentía la fuerte necesidad de alejarse de aquel horrendo monstruo vestido de seda.

El hombre de los ojos oblicuos apoyó la extraña lámpara sobre una de aquellas piedras cubiertas de horrendas manchas que rodeaban el pozo y adelantó unos pasos para hablar con el gran sacerdote mediante gestos de sus manos. Carter, que hasta ese momento había mantenido una actitud pasiva, le dio un enorme empujón al hombrecito aquel con toda la fuerza irracional de su miedo, de manera que lo lanzó irremediablemente dentro del pozo, el cual se dice que alcanza las infernales criptas de Zin, donde los gugos van a cazar lívidos en las sombras. Casi de inmediato, cogió la lámpara y comenzó a correr desatado por aquellos laberintos de los frescos, dejando que el azar guiara su camino y tratando de no pensar en los amortiguados pasos que venían tras él, ni en los horrores que se retorcían y arrastraban por aquellos macabros corredores.

Pocos segundos después lamentó su atolondrada urgencia y quiso haber escapado por los pasadizos de los frescos que vio al entrar. Aunque estos eran tan confusos, y se repetían con tanta frecuencia, que no le habrían servido de mucha ayuda, pero le hubiera agradado intentarlo de igual forma. Los frescos que ahora se presentaban a su paso eran aún más terribles y fue por ello que se dio cuenta de que estos no eran los corredores que conducían al exterior. Pocos minutos después notó que ya no lo seguían y redujo un poco la marcha, pero apenas había recuperado el aliento, cuando un nuevo peligro surgió a su paso. Su lámpara se estaba apagando y no tardaría mucho antes de verse sumido en una completa oscuridad sin la menor indicación visible que lo pudiera orientar.

Cuando la luz se extinguió del todo, Carter siguió a tientas en la oscuridad. Algunas veces notaba como el suelo ascendía y, otras, como bajaba, y en una oportunidad tropezó con un escalón que no tenía ninguna razón aparente para estar allí. Cuanto más se adentraba en el laberinto de pasadizos, más húmedo se ponía el ambiente y cuando se daba cuenta de que alcanzaba una bifurcación o la entrada de un pasadizo lateral, elegía siempre el camino con menor pendiente hacia abajo. Sin embargo, estaba seguro de que había ido descendiendo a lo largo del trayecto y aquel olor del aire subterráneo y la mugrienta costra de los muros del suelo le señalaban que estaba bajando hacia las profundidades subterráneas de la peligrosa meseta de Leng. Pero nada podía darle señales de lo que le esperaba luego, solo el hecho mismo, repentino, pavoroso y radical. Durante un largo rato había estado avanzando a tientas y con extremo cuidado por un suelo resbaladizo y casi horizontal, cuando de pronto, cayó vertiginosamente en las sombras de una galería cuya inclinación era tan pronunciada que casi podía tomarse por un pozo vertical.

Nunca podrá precisar cuánto tiempo duró aquella terrible caída, pero a él le pareció que fueron horas completas de náuseas, delirio y éxtasis. Más tarde, al recuperarse percibió que estaba en el suelo y que las nubes fluorescentes de la noche boreal brillaban débilmente en las alturas. Se hallaba rodeado de murallas derruidas y de columnas truncadas, y el pavimento sobre el cual permanecía dejaba crecer la hierba entre sus grietas, quebrándose en múltiples losas que las raíces de los arbustos habían levantado de su lugar. Detrás de él se levantaba verticalmente, hasta perderse de vista, un acantilado de basalto tallado con repugnantes bajorrelieves y en cuya parte alta se abría un arco tallado y tenebroso que era por donde él acababa de caer. Frente a Carter se alargaba una doble fila de pilares, fragmentos y restos de columnas que señalaban el lugar donde previamente había existido una amplia calle ahora desaparecida. Por las urnas y fuentes que adornaban el camino comprendió que, en su momento, esta calle había estado cercada de parques. Al final, las columnas se abrían alrededor de una plaza redonda, y en aquel círculo lucían gigantescas, bajo las nubes purpureas de la noche, un par de estatuas colosales. Se trataba de los leones alados de diorita, cuyas grotescas e intactas cabezas se levantan en las sombras a más de veinte metros de altura y que parecen gruñir con gesto amenazador a las ruinas que los rodean. Carter sabía muy bien su significado, ya que la leyenda habla de una pareja de leones como esta. Sin duda se trata de los inmutables guardianes del Gran Abismo, por lo tanto, las ruinas pertenecían a la verdadera ciudad primordial de Sarkomand.

Lo primero que hizo Carter fue cancelar la boca de la cueva por donde había caído usando bloques sueltos y piedras que había por allí. No quería que detrás de él fuera ningún servidor del maligno monasterio de Leng, ya que durante el largo recorrido que aún tenía delante le acecharían muchos otros peligros. No tenía ninguna idea de qué dirección tomar para dirigirse desde Sarkomand a las regiones habitadas del País de los Sueños. Tampoco lograría nada bajando a las moradas de los gules, pues sabía que estos no tenían más información que él. Los tres gules que lo habían ayudado a atravesar la ciudad de los gugos hasta el mundo exterior, le habían comentado que no sabían cómo regresar por Sarkomand y que le preguntarían el camino a los ancianos mercaderes de Dylath-Leen. Tampoco le gustaba la idea de regresar nuevamente al mundo subterráneo de los gugos y arriesgarse de nuevo en la torre infernal de Koth, cuyos ciclópeos peldaños suben hasta el bosque encantado, pero tendría que hacerlo si fallaban las demás posibilidades. Menos se atrevía a regresar por la meseta de Leng sin ayuda de ningún tipo, porque al otro lado del aislado monasterio los mensajeros del gran sacerdote que no debe ser nombrado debían ser muy numerosos y al final del viaje tendría, inevitablemente, que volver a luchar contra los *shantaks* y tal vez con algo más. Si lograra conseguir alguna embarcación, podría arriesgarse por mar hasta Inquanok, poniendo rumbo hacia aquella roca espantosa y desgarrada que surgía del agua, ya que había comprendido por los arcaicos frescos del monasterio que la horrible roca no se halla muy lejos de los muelles basálticos de Sarkomand. Pero tropezar con una embarcación en esta ciudad desierta desde hacía millones de años era muy poco factible y no parecía una labor fácil fabricarse una él mismo.

Por ese camino iban los pensamientos de Randolph Carter, cuando comenzó a entrever un nuevo peligro. Durante todo este tiempo, mientras avanzaba, se había ido desplegando ante sus ojos el inmenso cadáver de la legendaria Sarkomand, con sus negras columnas mutiladas, sus arruinadas puertas coronadas de esfinges, sus inmensos monolitos y sus colosales leones alados recortándose contra el débil resplandor de las nubes fluorescentes de la noche. Pero, de repente, surgió a su derecha un lejano brillo que no podía provenir de ninguna nube y Carter comprendió que no se hallaba solo en el silencio de la muerta ciudad. Aquella luz crecía y disminuía caprichosamente, titilando con destellos verdosos muy inquietantes para él. Se acercó silenciosamente por la calle plagada de escombros y a través de las angostas rendijas de algunas paredes derruidas observó que, cerca de los muelles, había una fogata alrededor de la cual se amontonaba una multitud de formas vagas. En todo el lugar flotaba una pestilencia mortal y detrás de la hoguera se ampliaba el grasiento regazo del amarradero, en cuyas aguas flotaba un gran barco fondeado. Carter se quedó paralizado de terror cuando notó que se trataba de una de las negras galeras lunares.

Entonces, justo cuando pensaba alejarse sigilosamente de aquella abominable hoguera, vio moverse algo entre las sombras y escuchó un sonido particular e inconfundible, era el aterrorizado gemido de un gul, que un instante después se transformaba en un verdadero grito de angustia. Aun cuando se hallaba seguro escondido en la oscuridad de las ruinas, Carter dejó que su curiosidad dominara a su temor y avanzó con extrema cautela en lugar de retirarse. Para atravesar la calle se vio forzado a reptar sobre su vientre como una lombriz y después tuvo que avanzar de puntillas para no hacer ruido entre los montones de mármoles rotos. Así logró no ser descubierto y poco después se hallaba en un lugar seguro detrás de un pilar, desde donde podía observar cómodamente la escena iluminada por el resplandor verdoso de la hoguera. Allí, alrededor de un fuego repugnante alimentado con los detestables troncos de los hongos lunares, estaban ubicadas en maloliente círculo los monstruosos batracios de la luna, con sus esclavos casi humanos. Algunos de los esclavos calentaban las puntas de unas extrañas lanzas en aquel fuego vacilante y cuando estaban al rojo las aplicaban a tres prisioneros fuertemente atados que se retorcían a los pies de los jefes del grupo. A juzgar por la agitación de sus tentáculos, Carter intuyó que aquellas bestias lunares de hocico chato estaban gozando enormemente con aquel espectáculo y cuál no sería su espanto al reconocer repentinamente aquellos gritos frenéticos y descubrir que los gules torturados no eran otros que los atentos compañeros que lo habían guiado por el abismo y que habían salido del bosque encantado en busca de Sarkomand para regresar a sus natales profundidades.

La cantidad de asquerosas bestias lunares reunidas alrededor del verdoso fuego era bastante numeroso y Carter vio que no había posibilidad de intentar nada para salvar a sus viejos amigos. No tenía idea de cómo los habrían capturado, aunque podía imaginar que aquellas blasfemias con cuerpo de sapo les habrían oído preguntar en Dylath-Leen por el camino hacia Sarkomand y no querrían que se acercaran demasiado a la aterradora meseta de Leng y al gran sacerdote indescriptible. Durante un rato estuvo pensando lo que debía hacer y recordó lo cerca que se hallaba de la entrada del pavoroso reino de los gules. En efecto, lo más conveniente sería deslizarse hasta la plaza de los leones gemelos y bajar sin pérdida de tiempo al abismo, donde estaba claro que no encontraría horrores peores que los de arriba, pero donde no tardaría en hallar algunos gules deseosos de ayudar a sus hermanos y de eliminar de aquella galera negra toda bestia lunar. Pensó que la entrada, como todas las que acceden a los abismos, podía estar vigilada por las descarnadas alimañas de la noche, pero ya no le temía a aquellas criaturas sin rostro. Sabía que estaban unidas por un solemne pacto a los gules, y el gul que un día fuera Pickman le había enseñado a pronunciar la contraseña adecuada.

Así que Carter retomó de nuevo su caminata silenciosa, entre las ruinas, en dirección a la gran plaza central de los colosales leones alados. Era una tarea de cuidado pero las bestias lunares estaban felizmente ocupadas y no escucharon los ruidos y los suaves roces que en dos oportunidades provocó accidentalmente cuando tropezó con las piedras regadas. Por último, llegó a un lugar abierto y retomó el camino entre árboles raquíticos y desordenadas enredaderas que habían crecido allí. Los gigantescos leones se levantaban terribles dibujándose contra la débil luz de las fluorescentes nubes nocturnas, pero Carter siguió avanzando valerosamente hacia ellos y luego se situó delante pues sabía que allí encontraría la gran abertura que custodian. Aquellas burlonas bestias de diorita estaban sentadas a diez metros una de la otra, meditando sobre pedestales ciclópeos cuyas paredes exhibían aterradores bajorrelieves. En el espacio central que había entre ambas, había una especie de terraza pavimentada de losas que alguna vez estuvo rodeada de barandas de ónice y en el medio de la terraza se abría un pozo tenebroso. Carter había llegado al pozo cuyos mohosos escalones de piedra descienden a unas criptas de pesadilla.

Terrible es el recuerdo que dejó en él aquel tenebroso descenso. Las horas pasaban una tras otra, mientras Carter giraba y giraba en una espiral infinita de peldaños y escaleras. Tan gastados y angostos eran los peldaños, y tan resbaladizos por el fango interior de la tierra, que el viajero no sabía si de un momento a otro resbalaría y se precipitaría en una aparatosa caída hasta el fondo del pozo. Tampoco sabía en qué momento, sin aviso previo, caerían sobre él las descarnadas alimañas de la noche, si es que efectivamente, había alguna vigilando aquel pasadizo prehistórico. Alrededor suyo reinaba un olor sofocante que brotaba de las regiones inferiores y en sus propios pulmones sentía que el aire de aquellas profundidades no era bueno para el género humano.

Al cabo de un rato sintió una gran torpeza y adorme-
cimiento, pero continuó avanzando animado más por
un impulso mecánico que por un deseo razonado. Ni
siquiera se dio cuenta cuando, repentinamente, algo
lo cogió por la espalda levantándolo del suelo. Llevaba
un rato volando a través de aquella atmósfera viciada,
cuando las blandas alimañas de la noche lo alertaron
con sus malévolos pellizcos que iban a cumplir con su
deber.

Despabilado de modo tan violento, reconoció al fin
que se hallaba entre las pezuñas viscosas y frías de aquellos seres sin rostro. Por suerte, recordó la contraseña de
los gules y la pronunció en voz alta como pudo, en medio del viento y de los torbellinos de aquel vertiginoso
vuelo. Y aunque se dice que las alimañas descarnadas
adolecen completamente de entendimiento, el efecto
fue instantáneo, los pellizcos pararon inmediatamente
y las criaturas de la noche se apresuraron a poner a su
presa en una posición más cómoda. Animado por esta
nueva actitud, Carter decidió darles algunas explicaciones, mencionándoles la captura y el tormento de los
tres gules en manos de las bestias lunares y de la importancia de reunir un grupo para ir a rescatarlos. Las
descarnadas alimañas, aunque no podían articular ni
una palabra, parecieron entender lo que se les decía y
aceleraron el vuelo. Muy pronto, la densa oscuridad se
disolvió en el crepúsculo gris de las entrañas de la tierra
y frente a ellos apareció una de esas estériles llanuras
donde tanto les agrada a los gules sentarse a comer. Las

lápidas que había dispersas por allí y los fragmentos de huesos manifestaban la naturaleza de los pobladores de ese lugar. Carter lanzó un urgente grito de llamada y, al momentos, unas veinte madrigueras vomitaron a todos sus habitantes de apariencia perruna. Entonces las descarnadas alimañas de la noche bajaron y colocaron al pasajero en el suelo, luego se apartaron un poco y formaron un apretado semicírculo mientras los gules saludaban al recién llegado.

Carter informó rápida y detalladamente lo ocurrido a su grotesca compañía y cuatro de aquellos gules partieron inmediatamente para llevar la noticia a través de las distintas madrigueras y reunir un ejército para rescatar a sus hermanos. Después de una larga espera apareció un gul de cierto rango que le hizo una señal específica a las alimañas descarnadas y dos de ellas levantaron el vuelo y se perdieron en la oscuridad. Luego, el número de alimañas descarnadas allí congregadas fue aumentando progresivamente, hasta que finalmente el fangoso suelo de la llanura se vio cubierto por un verdadero enjambre. Mientras tanto, nuevos gules salían de sus madrigueras y chillando con excitación, se iban incorporando a una salvaje línea de batalla no lejos de la afluencia de las alimañas nocturnas. Al poco rato apareció el orgulloso e influyente gul que un día fuera el artista Richard Pickman de Boston, y Carter le narró minuciosamente lo ocurrido. El Pickman de otro tiempo, encantado de saludar nuevamente a su viejo amigo se mostró muy impresionado y mantuvo una conferencia con los demás jefes, alejados de la creciente multitud.

Finalmente y después de pasar cuidadosa revista a aquellas filas, todos los jefes allí reunidos empezaron a dar órdenes a la muchedumbre de gules y alimañas descarnadas que se habían concentrado. En seguida salió un nutrido pelotón de voladores cornudos y el resto se dividió en parejas, que se arrodillaron con las patas delanteras extendidas, esperando que los gules se fueran acercando de uno en uno. Cuando cada gul llegaba a las dos descarnadas alimañas que le habían asignado, estas lo cogían entre las dos y partían veloces en la oscuridad, hasta que al final desapareció toda la multitud, a excepción de Carter, Pickman y los demás jefes, y unas pocas parejas de descarnadas alimañas. Pickman explicó que las descarnadas alimañas de la noche forman la vanguardia y que son los corceles de guerra de los gules, y que el ejército iba a salir por Sarkomand para luchar contra las bestias lunares. Después, Carter y los horrendos jefes se dirigieron a las alimañas portadoras, siendo levantados por sus pezuñas pegajosas y húmedas. Un segundo más tarde todos giraban en el viento y en las tinieblas, subiendo, y subiendo, y subiendo infinitamente, hasta alcanzar la entrada de los leones alados y las espectrales ruinas de la antiquísima Sarkomand.

Cuando Carter se halló al fin bajo la débil luz del cielo nocturno de Sarkomand, fue para observar la gran plaza central pululando de gules y alimañas descarnadas dispuestas a luchar. El día no tardaría en asomar, pero aquel ejército era tan numeroso que no había necesidad de sorprender al enemigo. El brillo verdoso de la hoguera junto al muelle todavía titilaba débilmente, aunque la ausencia de gritos daba a entender que la tortura de los prisioneros había terminado por el momento. Susurrando instrucciones en voz casi imperceptible a sus monturas y a la bandada de alimañas descarnadas que iban sin jinete, los gules se alinearon en enormes columnas aleteantes y volaron sobre las desérticas ruinas en dirección al maldito resplandor. Carter iba junto a Pickman, en la primera fila de gules y vio cómo se aproximaban al nauseabundo campamento donde las bestias lunares reposaban completamente confiadas. Los tres prisioneros estaban atados en el suelo, inmóviles al lado de la hoguera, mientras sus victimarios de cuerpo de sapo habían caído desordenadamente agotados por el sueño. Los esclavos casi humanos también se quedaron dormidos descuidando su trabajo de centinelas que en estas zonas debió parecerles meramente formal.

Finalmente, los gules y sus alados corceles súbitamente se lanzaron en picado y antes de que se escuchara el menor sonido, cada uno de aquellos horrores con aspecto de sapo fue atrapado por un grupo de alimañas descarnadas. Las bestias lunares, naturalmente, no tenían voz, pero tampoco los esclavos tuvieron tiempo de gritar antes de que las gomosas pezuñas de las descarnadas alimañas los redujeran al silencio. Las contorsiones de aquellas anormalidades gelatinosas fueron espantosas, mientras las sarcásticas alimañas descarnadas los atenazaban, pero nada podían hacer contra la fuerza de aquellos miembros negros y prensiles. Cuando alguna de las bestias lunares se movía con demasiada violencia, la alimaña descarnada le lanzaba encima sus extremidades tentaculares, lo cual parecía causar en la víctima un dolor tal, que en seguida dejaba de forcejear. Carter había esperado ver una terrible matanza, pero no tardó en darse cuenta de que los gules tenían planes más astutos. Dieron tajantes órdenes a las bestias descarnadas y estas se limitaron a atrapar a sus prisioneros, que fueron llevados en silencio al Gran Abismo para ser distribuidas equitativamente entre los dholes, los gugos, los lívidos y demás moradores de las tinieblas, cuyas modalidades de alimentación suelen ser bastante dolorosas para sus víctimas. Mientras tanto, los tres gules habían sido liberados y consolados por los vencedores, quienes inspeccionaban los alrededores para ver si quedaba alguna bestia lunar y subían a la galera negra y pestilente amarrada de costado al muelle para estar seguros de que no se les había escurrido ningún enemigo. Era indudable que los habían capturado a todos, ya que no pudieron hallar el menor rastro de vida en ninguna parte. Carter, ansioso de conservar un medio de transporte para alcanzar las demás regiones del País de los Sueños, solicitó que no hundieran la galera, petición que fue concedida de buena gana en agradecimiento por haberles avisado la terrible situación de los tres prisioneros. En el barco habían objetos y ornamentos muy extraños, muchos de los cuales Carter arrojó al mar.

Luego, los gules y las descarnadas alimañas de la noche se separaron en grupos y los primeros le pidieron a sus compañeros rescatados que narraran todo lo que les había ocurrido. Al parecer, los tres habían seguido las indicaciones de Carter y se orientaron hacia el bosque encantado de Dylath-Leen, continuando el curso del Nir y del Skai. Tomaron vestimenta humana en una granja e intentaron adoptar lo mejor posible la forma de caminar de los hombres. En las tabernas de Dylath-Leen, sus modales grotescos y sus rostros perrunos habían levantado muchos comentarios, pero ellos continuaron preguntando por el camino de Sarkomand, hasta que al final, un anciano viajero logró orientarlos. Entonces se enteraron de que solamente existía un barco que podía llevarlos, el que recorría la ruta de Lelag-Leng, de forma que se dispusieron a esperar pacientemente la llegada de la nave.

Pero los malvados espías lo sabían todo. Poco tiempo después llegó al puerto una galera negra y los mercaderes de rubíes de inmensa boca invitaron a los gules a beber en una taberna. Sirvieron vino de una de sus siniestras botellas rudamente talladas en un único rubí y después los gules no supieron más, sino que eran prisioneros en la galera negra, como le había sucedido a Carter. Sin embargo, en esta oportunidad los invisibles remeros no orientaron la proa hacia la luna, sino hacia la antiquísima Sarkomand con la idea de llevar a los prisioneros ante la presencia del gran sacerdote que no debe ser nombrado. Se detuvieron en la desgarrada roca del mar del norte que los marineros de Inquanok evitan siempre y los gules observaron allí por vez primera a los rojos dueños del barco, enfermándose —a pesar de su propia insensibilidad— frente a aquel exceso de asquerosa deformidad y repugnante fetidez. Allí también fueron testigos de las degradantes diversiones de la guarnición de bestias lunares, descubriendo que esas diversiones son las que originan los aullidos nocturnos que tanto miedo causan en los hombres. Después atracaron en la ruinosa Sarkomand y empezaron aquellas torturas que habían concluido con el providencial rescate.

Allí comenzaron a discutir nuevos planes y los tres rescatados eran partidarios de hacer una incursión en la roca desgarrada para acabar con toda la guarnición de sapos lunares que están en ese lugar. Sin embargo, las descarnadas alimañas se resistieron a ello ya que la idea de volar sobre el agua no les gustaba en absoluto. La mayoría de los gules celebraron la idea, pero no sabían cómo efectuarla sin la ayuda de las alimañas descarnadas de la noche. Entonces Carter, notando que no sabían cómo navegar con la galera atracada, se ofreció para enseñarles a usar las grandes hileras de remos, ante lo cual los gules aceptaron de buena gana. Había despuntado el día gris y bajo aquel cielo plomizo del norte, subió a bordo de la maloliente galera un pelotón de gules, cada uno de los cuales ocupó su lugar en la bancada de remeros. Carter notó en ellos mucha aptitud para aprender. Antes de que oscureciera habían dado tres vueltas de prueba alrededor del puerto. Pero, hasta tres días después no se sintieron en condiciones para intentar el viaje de conquista. Al tercer día, los remeros ocuparon su lugar, las descarnadas alimañas se apiñaron en el castillo de proa y la expedición finalmente se hizo a la mar. Pickman y los otros jefes se congregaron en la cubierta y discutieron los planes de ataque y abordaje.

Esa misma noche escucharon los aullidos procedentes de la roca. Y tal era su intensidad, que toda la tripulación de la galera se inquietó visiblemente, pero aquellos que más temblaban eran los tres gules rescatados, pues ellos sabían muy bien porque se producían aquellos alaridos. Decidieron no realizar el ataque por la noche, así que mantuvieron el barco al pairo bajo la fluorescencia de las nubes, esperando que surgieran las claridades grises del día. Cuando la luz se hizo clara y se silenciaron los alaridos, los remeros retomaron su boga y la galera se fue acercando a la roca desgarrada, cuyas cumbres graníticas se clavaban espléndidamente en el cielo apagado. Los costados de la roca eran muy empinados pero podían notarse las paredes abombadas de unas raras viviendas sin ventanas en numerosos salientes, así como los parapetos que protegían los elevados caminos de roca. Nunca un barco tripulado por un ser humano se había aproximado tanto a ese lugar. O al menos, ninguno se había aproximado tanto y había vuelto a navegar después. Pero Carter y los gules no tenían miedo y estaban determinados a seguir adelante. Dieron una vuelta hacia la cara oriental de la roca, buscando los muelles que, de acuerdo con el trío de gules rescatados, se hallaban al sur dentro de un puerto natural formado por dos escabrosos morros acantilados.

Aquellos peñones eran verdaderas prolongaciones de la isla y penetraban en el mar tan cercanos uno del otro, que entre ellos solo cabía la eslora de un barco. Parecía que no había nadie vigilando en el exterior, de manera que la galera enfiló temerariamente hacia aquel escabroso canal y entró en las aguas estancadas y malolientes del puerto. Allí todo era bullicio y actividad, había varios barcos fondeados a lo largo de un asqueroso muelle de piedra, y cantidad de esclavos casi humanos y bestias lunares abundaban en los embarcaderos, transportando canastas y cajones o llevando espantosos y fabulosos horrores unidos a pesados carruajes. Sobre los muelles había un pueblo de piedra tallado en un acantilado vertical y de él salía un camino sinuoso que subía en espiral hasta perderse de vista entre los salientes de la roca. Nadie podía decir qué secreto ocultaba en su interior el portentoso pico de granito que coronaba la isla, aunque las cosas que se veían en el exterior se alejaban mucho de ser alentadoras.

Al ver que entraba la galera, la multitud que estaba en los muelles dio muestras de gran inquietud. Los que tenían ojos se quedaron observando intensamente con la mirada fija y los que no, agitaron sus sonrosados tentáculos con curiosidad. Claro está que nadie se había percatado de que la negra embarcación había cambiado de manos, porque los gules se asemejan mucho a los cornudos esclavos casi humanos y las alimañas descarnadas estaban todas escondidas bajo la cubierta. Para entonces, los jefes habían trazado un plan que consistía en liberar las alimañas descarnadas tan pronto como arrimaran el costado de la galera al muelle y zarpar de inmediato, confiando el asunto totalmente a los instintos de aquellos seres casi desprovistos de entendimiento. Una vez desembarcados, lo primero que harían aquellos cornudos seres voladores sería apresar cualquier cosa viviente que encontraran, después no pensarían absolutamente nada, sino que, orientados por su instinto de retorno, olvidarían su temor al agua y volverían velozmente al Abismo con sus nauseabundas presas, a las que darían un destino conveniente allá en las tinieblas, de donde muy pocas cosas salen con vida.

El gul que fuera Pickman bajó a la bodega y les dio unas cortas instrucciones a las descarnadas alimañas de la noche, mientras el barco ya casi tocaba los siniestros y malolientes muelles. De repente, una nueva agitación se evidenció a lo largo del puerto. Carter observó que el movimiento de la galera comenzaba a despertar sospechas. Era evidente que el timonel no estaba llevando la embarcación hacia el muelle adecuado y seguramente los mirones ya habían descubierto la diferencia entre los terribles gules y los esclavos casi humanos cuyos puestos ocupaban. Probablemente dieron una alarma silenciosa, porque casi de inmediato comenzó a acudir una horda apestosa de bestias lunares que provenían de las casas sin ventanas y del camino sinuoso de la derecha.

Luego, una lluvia de raras jabalinas cayó sobre la galera cuando la proa tocó el muelle, matando a dos gules e hiriendo ligeramente a otro, pero en ese momento se abrieron todas las escotillas de par en par y exhalaron una nube negra de aleteantes alimañas descarnadas que se arrojaron sobre el poblado como un enjambre de formidables murciélagos cornudos.

Las gelatinosas bestias lunares se habían armado con grandes pértigas y trataban de alejar el barco invasor, pero cuando las descarnadas alimañas de la noche se arrojaron sobre ellas no pensaron más en eso. Fue un espectáculo espeluznante ver cómo se divertían aquellos seres gomosos y sin rostro, y era espantosamente impresionante observar cómo la espesa nube que formaban se extendía por el pueblo y sobre la serpenteante carretera que se perdía en las alturas. A veces, alguno de estos oscuros seres voladores por error dejaba caer a su voluminoso prisionero lunar desde una altura enorme y la manera como explotaba al chocar contra el suelo era de lo más asqueroso para la vista y el olfato. Cuando la última alimaña descarnada hubo dejado el barco, los jefes dieron la orden de alejarse y los remeros comenzaron una boga silenciosa, saliendo del puerto entre los grises cabos, mientras en el pueblo se prolongaba el caos de la lucha.

El gul Pickman les concedió a las descarnadas alimañas varias horas para que sus rudimentarios intelectos descartaran el temor a volar sobre el agua y mantuvo la galera a una milla de la costa desgarrada, aliviando las heridas de aquellos gules alcanzados por las jabalinas. Llegó la noche y el crepúsculo gris dio paso a la enfermiza fluorescencia de las nubes bajas y durante todo este tiempo los jefes no quitaban la vista de los altos picos de aquel peñón maldito, por si veían elevarse a las descarnadas alimañas de la noche. Ya hacia el amanecer se percibió el tímido revoloteo de una mancha oscura sobre el pico más alto y casi de inmediato la mancha se había transformado en un verdadero enjambre. Justo antes de romper el día, el enjambre pareció crecer y un cuarto de hora más tarde se esfumó en la lejanía en dirección nordeste. Un par de veces pareció que algo caía desde la confusa bandada hacia el mar, pero Carter no lo lamentó, porque por propias observaciones ya sabía que las bestias lunares no saben nadar. Finalmente, cuando los gules reconocieron que todas las descarnadas alimañas se habían marchado hacia Sarkomand y el Gran Abismo con su cargamento predestinado, la galera orientó la proa de nuevo hacia el puerto, pasó entre los cabos grisáceos y toda la horrible tripulación bajó a tierra y caminó curioseando por la roca desnuda, por sus torres y viviendas, y por sus defensas cortadas en la piedra viva.

Se descubrieron horribles secretos en aquellas bóvedas malignas y ciegas, ya que los restos de sus interrumpidas diversiones eran cuantiosos y se encontraron en distintos grados de consumación. Carter apartó varias entidades que en cierta forma continuaban vivas y escapó apresuradamente de otras porque no estaba muy seguro de lo que eran. En su mayoría, las malolientes moradas estaban provistas de mesas y bancos tallados en madera de árbol lunar y sus paredes estaban decoradas por dibujos dementes e indescriptibles. Había infinidad de armas, herramientas y adornos por todas partes, también algunos ídolos de gran tamaño tallados en rubí sólido, que simbolizaban a unos seres extraños nunca vistos en la tierra. A pesar de su valor material, no provocaba apropiárselos ni tampoco seguir viéndolos por más tiempo y Carter se dio a la tarea de destrozar cinco de ellos y volverlos añicos. En cambio, recogió las lanzas y las jabalinas esparcidas que, con la aprobación de Pickman, distribuyó entre los gules. Esas armas eran nuevas para estos personajes corredores y perrunos, pero su relativa sencillez de uso les facilitó el manejo después de unas breves enseñanzas.

En las partes más altas de la roca había más templos que viviendas y en muchas grutas excavadas en la piedra descubrieron algunos altares tallados de apariencia temible, en los que se hallaron recipientes con dudosas manchas y santuarios destinados a venerar a unos seres aún más monstruosos que los funestos dioses que reinan sobre Kadath. En el fondo de un gran templo existía un bajo y oscuro pasadizo, donde Carter penetró con una antorcha en la mano, que desembocaba en un gigantesco recinto abovedado cuyas paredes estaban adornadas con unos relieves demoníacos. En el medio de este recinto halló la abertura de un pozo profundo y nauseabundo como el que encontrara en el horrible monasterio de Leng, en el salón donde habita solitario el gran sacerdote que no debe ser nombrado. En la lejana penumbra, al otro extremo del pozo nauseabundo, le pareció distinguir un raro postigo de bronce, pero sin saber por qué, sintió un infinito terror ante la idea de abrirlo o siquiera acercarse a él, por lo que se apresuró a regresar junto a sus poco agraciados compañeros que estaban vagando con una tranquilidad y ligereza que a él no le era posible compartir. Los gules también habían encontrado las inconclusas diversiones de las bestias lunares y las habían aprovechado a su manera. También descubrieron un tonel del poderoso vino lunar y se lo llevaron rodando hacia los muelles para embarcarlo y emplearlo en sus actividades diplomáticas, pero el trío de gules rescatados, recordando el efecto que les había causado esa bebida en Dylath-Leen, les recomendaron a sus compañeros que no lo probaran. En uno de los sótanos que estaba junto al agua hallaron un gran depósito de rubíes de las minas lunares, unos pulidos y otros sin trabajar, pero cuando los gules verificaron que no servían para comer perdieron todo el interés en ellos. Carter no quiso llevarse ninguno porque sabía sobradas cosas de los seres que los habían extraído y tallado.

De repente, se escuchó la voz excitada de los centinelas que habían permanecido en los muelles y los horribles carroñeros interrumpieron sus ocupaciones para mirar hacia el mar y dirigirse hacia el puerto. Una nueva galera navegaba rápidamente por entre los cabos grisáceos, y los seres casi humanos que iban en cubierta tardaron muy poco en reconocer que la isla había sido saqueada, dando el aviso a las monstruosas entidades que remaban abajo. Afortunadamente, los gules aún tenían las jabalinas y las lanzas que había distribuido Carter entre ellos. Y él, apoyado por el gul que un día se llamara Pickman, dio la orden de formar una línea de batalla para evitar que el barco atracara. Se notó entonces un extraño movimiento de excitación en la nueva galera, lo que le hizo intuir a Carter que la tripulación entera se había percatado de que las cosas en el puerto no se encontraban como ellos esperaban y la súbita detención del barco mostraba claramente que se habían dado cuenta del gran número de gules en tierra. Tras un momento de incertidumbre, la galera recién llegada giró en silencio y volvió a cruzar los cabos, pero los gules no creyeron ni por un instante que el peligro había desaparecido. La tenebrosa nave iría a buscar refuerzos, o tal vez su tripulación trataría de desembarcar en cualquier otro lugar de la isla, por ello, se envió a la cúspide un grupo de exploración para vigilar qué rumbo tomaba el enemigo.

Muy pocos minutos después volvió apresuradamente un gul informando que las bestias lunares y los casi humanos estaban desembarcando por la parte exterior de los morros, más hacia oriente y que escalaban por caminos escondidos y salientes de la roca que a una cabra le serían casi imposibles. Al instante, la galera fue vista de nuevo cruzando frente al angosto canal, pero fue asunto de solo un segundo. Unos minutos más tarde, un segundo mensajero llegó jadeando para reportar que otro grupo estaba desembarcando en el otro morro y que esta vez la cantidad de los que desembarcaban era mucho más numerosa que los que aparentemente cabían en la galera. Y el mismo barco, movido lentamente por una diezmada fila de remos, navegó entre los acantilados y entró en el pestilente puerto como para presenciar la batalla y participar si fuera necesario.

Mientras tanto, Carter y Pickman habían separado a los gules en tres grupos, de los cuales, dos se enfrentarían a cada una de las dos columnas invasoras y el tercero, permanecería en el poblado. Los dos primeros grupos se adelantaron a subir por las rocas, cada uno en su respectiva dirección, mientras el tercero se subdividía en dos partes, una destinada a tierra y otra destinada al mar. La del mar, comandada por Carter, embarcó en la galera apresada y zarpó en busca de la otra, que al ver esta maniobra retrocedió por el canal y se fue hacia mar abierto. Carter no la siguió de inmediato porque sabía que podían ser útiles en el poblado en caso de urgencia.

Entretanto, las tres patrullas de bestias lunares y casi humanos habían alcanzado la cima de los morros y sus siluetas se dibujaban aterradoras contra el cielo gris del atardecer en ambas direcciones. Las maléficas flautas de los invasores habían comenzado a gemir y el efecto general de aquellas resonancias híbridas y semiamorfas era tan nauseabunda como la fetidez que efectivamente brotaba de aquellas blasfemias de cuerpo de sapo oriundas de la luna. Luego entraron en acción los dos grupos de gules, alcanzando también lo alto de las rocas. De ambos lados comenzaron a volar las jabalinas, y los aullidos de los gules y los brutales gritos de los casi humanos se unieron gradualmente al infernal gemido de las flautas, formando una confusión demencial e incoherente. A cada paso caían cuerpos por los angostos precipicios de los dos acantilados, yendo a parar al mar abierto o a las estancadas aguas del amarradero, en cuyo caso eran velozmente halados hacia el fondo por ciertos seres submarinos cuya presencia solo era delatada por las magníficas burbujas que dejaban escapar.

Durante una media hora, la lucha se desarrolló con una furia increíble, hasta que los invasores fueron totalmente aniquilados en el acantilado de poniente. Sin embargo, en el lado oriental, donde comandaba el jefe de las bestias lunares, los gules no lo estaban pasando tan bien y escapaban lentamente buscando la protección de las pendientes. Rápidamente, Pickman envió como refuerzos a este lado al grupo del poblado que tanto había contribuido durante la primera fase de la lucha. Luego, cuando concluyó la batalla en el lado oeste, los victoriosos sobrevivientes fueron en auxilio de sus atribulados compañeros, obligando al enemigo a retroceder por la delgada cresta del morro. Los casi humanos ya habían caído todos, pero el último de los horrores batrácicos batallaba desesperadamente y se escudaba con las lanzas que empuñaba con sus poderosas y asquerosas patas. La oportunidad para emplear las jabalinas había pasado y la batalla se transformó en una lucha cuerpo a cuerpo en el que, por lo angosto de la cresta, no podían atacar al mismo tiempo más que unos pocos lanceros.

A medida que crecía la violencia y el ardor, también crecía el número de quienes caían al mar. Aquellos que iban a dar a las aguas del puerto hallaban una muerte sin nombre en las garras de aquellos seres invisibles y burbujeantes, pero los que caían al mar abierto tenían posibilidad de nadar hasta el pie del acantilado y agarrarse de los rompientes. Por otra parte, la galera del enemigo rescataba las bestias lunares que encontraba. El acantilado era prácticamente inaccesible, salvo en el sitio donde los monstruos habían desembarcado, de forma que a los gules que regresaban del mar se les hizo imposible llegar al frente de la batalla y se quedaron en los rompientes. Muchos de ellos murieron bajo las jabalinas de la galera enemiga o de las bestias lunares que estaban en la parte alta del morro, pero los demás sobrevivieron y lograron ser rescatados. Cuando el triunfo de los gules fue seguro, la galera de Carter salió de entre los cabos y se orientó hacia el barco enemigo que se encontraba en mar abierto, deteniéndose para rescatar a los gules que se encontraban en los rompientes o flotaban aún en el océano. Algunas bestias lunares que se habían escondido en las rocas o en los arrecifes rápidamente fueron puestas fuera de combate.

Más tarde, cuando la galera de bestias lunares se puso a salvo, alejándose de allí, y los enemigos que desembarcaron se concentraron en un solo lugar, Carter hizo saltar un considerable ejército al morro oriental, a espaldas del enemigo y gracias a esta maniobra, la lucha fue muy efectiva y breve. Embestidos en dos frentes, las fétidas entidades, sorprendidas, fueron despedazadas inmediatamente o lanzadas al mar. Finalmente, hacia el atardecer, los jefes de los gules comprobaron que la isla había quedado limpia de enemigos nuevamente. Entretanto, la galera adversaria se había esfumado. Decidieron que lo más sensato sería abandonar la maligna roca, antes de que aquellos espantos lunares lograran reclutar una horda numerosa y nuevamente se lanzaran sobre ellos.

Así, llegó la noche. Pickman y Carter congregaron a todos los gules y pasaron revista cuidadosamente, encontrando que habían perdido más de la cuarta parte de sus guerreros en la batalla del día. Colocaron a los heridos en las literas del barco, ya que Pickman rechazaba el hábito que tenían los gules de rematar y comerse a sus propios heridos y los gules disponibles fueron asignados a los remos o a aquellos puestos en que pudieran ser más útiles. Bajo la fluorescencia de las nubes nocturnas, la galera se hizo a la mar y Carter sintió un profundo alivio al abandonar aquel islote de aborrecibles misterios donde encontró aquel recinto abovedado que tenía un pozo sin fondo y una asquerosa puerta de bronce que tanto había alterado su imaginación. El día encontró al barco frente a los arruinados muelles basálticos de Sarkomand donde, como centinelas, aún es-

peraban algunas descarnadas alimañas de la noche. En
lo alto de las columnas mutiladas y de las estropeadas
esfinges de aquella pavorosa ciudad que había vivido
y muerto antes de surgir el hombre sobre la tierra, las
descarnadas alimañas vigilaban como negras gárgolas y
fantásticas quimeras.

Los gules armaron su campamento entre las ruinas
de Sarkomand y enviaron a un mensajero con la misión
de traer suficientes alimañas descarnadas para trasladar-
los por el aire. Pickman y los otros jefes se mostraron
ampliamente agradecidos por la ayuda que Carter les
había prestado, y este observó que sus planes iban en
efecto por buen camino, ya que ahora podría pedirles
ayuda a sus horrendos aliados, no solo para salir del
territorio del País de los Sueños en el que se encontraban, sino también para iniciar su última expedición
en busca de los dioses que rigen sobre la desconocida
Kadath y la maravillosa ciudad del sol poniente que tan
extrañamente ellos desvanecían de sus sueños. Por lo
tanto, habló de estos asuntos con los jefes de los gules
y les contó lo que sabía de la helada inmensidad donde se encuentra Kadath y de sus guardianes, tanto de
los bestiales *shantaks* como de las montañas esculpidas
en forma de figuras bicéfalas. También les mencionó el
terror que sienten los pájaros *shantaks* por las descarnadas alimañas de la noche y de cómo estos colosales
pájaros hipocéfalos surgen chillando de sus oscuras madrigueras excavadas en lo alto de los cumbres desnudas
y grises que separan el país de Inquanok de la espantosa

meseta de Leng. Asimismo, les mencionó lo que había descubierto sobre las descarnadas alimañas de la noche en los frescos del monasterio del gran sacerdote que no debe ser nombrado, y de cómo eran temidas hasta por los Grandes Dioses, y cómo su señor no era el caos reptante Nyarlathotep, sino el venerable e inmemorial Nodens, señor del Gran Abismo.

Carter narró todas estas cosas en el lenguaje de los gules allí reunidos y luego les comunicó a grandes rasgos la ayuda que tenía la intención de pedirles, no pareciéndole excesiva, dados los servicios que acababa de prestarle a los perrunos y cartilaginosos carroñeros últimamente. Vivamente les solicitó que le facilitaran la ayuda de un número suficiente de alimañas descarnadas de la noche para volar sobre el territorio de los *shantaks* y de las montañas esculpidas y transportarlo hasta la helada inmensidad, más allá de los últimos lugares alcanzados por los más osados seres humanos. Quería volar hasta el castillo de ónice que, desde lo alto, domina la desconocida Kadath de la helada inmensidad y presentarse ante los Grandes Dioses para pedirles el acceso a la ciudad del sol poniente que ellos le negaban. Estaba seguro de que las descarnadas alimañas de la noche podrían transportarlo hasta allí sin dificultades, sobrevolando los peligros que se esconden en la llanura y aquellas espantosas figuras bicéfalas talladas en la montaña que hacen de guardianes eternos en la gris penumbra. Gracias a las descarnadas criaturas cornudas y sin rostro, no enfrentaría peligro alguno, puesto que eran temidas hasta por los Grandes Dioses. Y aun si surgía alguna dificultad inesperada por parte de los Dioses Otros, quienes acostumbran a inmiscuirse en los asuntos de los bondadosos dioses de la tierra, las descarnadas alimañas no tendrían por qué preocuparse, ya que los abismos exteriores son totalmente inofensivos para los seres voladores mudos y silenciosos como ellos, cuyo amo y señor no es Nyarlathotep sino el poderoso y antiguo Nodens. Un grupo de diez o quince alimañas descarnadas sería suficiente, según Carter, para desanimar a los *shantaks* de cualquier ataque. Tal vez, también sería conveniente llevar consigo algunos gules para dirigirlas, ya que los gules las manejan mejor que los hombres. La expedición podía dejarlo a él dentro del recinto amurallado de la fabulosa ciudad de ónice y luego esperar a que volviera por la noche o les diese alguna señal. Mientras, él iría a rezar frente a los dioses de la tierra. Si alguno de los gules se animaba a acompañarlo hasta el salón del trono de los Grandes Dioses, él lo agradecería infinitamente, ya que la presencia de los gules podría darle más peso e importancia a su petición. Pero Carter no quería insistir en este detalle, solamente pedía que primero lo transportaran a la desconocida Kadath y después a la última etapa de su destino, que sería la sorprendente ciudad del sol poniente en el caso de que los Grandes Dioses accedieran a concederle el favor, o las Puertas del Sueño Profundo en el bosque encantado, si sus súplicas resultaban infructuosas.

Mientras Carter hablaba, los gules escuchaban con gran interés, y a medida que transcurría el tiempo, el cielo se iba oscureciendo con las nubes de alimañas descarnadas que los mensajeros habían ido a buscar. Las criaturas aladas se colocaron en semicírculo rodeando al ejército de gules y, respetuosamente, esperaron mientras sus jinetes perrunos estudiaban la petición del viajero terrestre. El gul que un día fuera Pickman habló gravemente con sus compañeros y al final le ofreció a Carter mucho más de lo que él esperaba. Ya que Carter había favorecido a los gules en su lucha contra las bestias lunares, ellos lo acompañarían en su osado viaje a las regiones de donde nadie nunca ha regresado, y no lo llevarían solo unas cuantas alimañas descarnadas, sino todo el ejército allí reunido, los gules veteranos de guerra y las alimañas descarnadas recién llegadas de refuerzo. Solo permanecería, en los muelles de Sarkomand, una pequeña guarnición para resguardar la galera negra y el botín obtenido en la roca desgarrada. Cuando Carter lo señale emprenderán el vuelo y una vez que alcancen Kadath, lo escoltará un numeroso séquito de gules mientras él le expone a los Grandes Dioses en su palacio de ónice, su petición.

Emocionado, con una gratitud y satisfacción inenarrables, Carter trazó los planes de este intrépido viaje con los jefes de los gules. Decidieron que el ejército volaría muy alto sobre la espantosa meseta de Leng, de su monasterio sin nombre y de sus malignos poblados de piedra. Solo se detendrían en las gigantescas cumbres grises para pedirles información a los temerosos *shantaks*, cuyas madrigueras transforman los picos más altos en verdaderas colmenas. Después, de acuerdo con la información recibida de estos pobladores de las alturas, optarán por una ruta final y se acercarán a la desconocida Kadath atravesando el desierto de las montañas talladas al norte de Inquanok, o bien se elevarán a regiones más septentrionales de la misma meseta de Leng. Perrunos, los gules, y desalmadas, las alimañas descarnadas, no se asustan ante lo que puedan encontrar en esos desiertos jamás explorados, ni tampoco sienten miedo alguno ante la idea de llegar a la gloriosa y desconocida Kadath con su oscuro castillo de ónice.

Hacia el mediodía, los gules y las descarnadas alimañas se prepararon para emprender el vuelo. Cada gul escogió la pareja de portadores que más le convenía. Carter fue puesto a la cabeza de la columna junto a Pickman, y delante de todos, en forma de vanguardia, se organizó una doble fila de descarnadas alimañas de la noche. A la voz de Pickman, el espantoso ejército se levantó como una nube de pesadilla sobre las quebradas columnas y las ruinosas esfinges de la arcaica Sarkomand, y se fueron elevando más y más, hasta sobrepasar incluso la gran pendiente de basalto que se alzaba detrás de la ciudad. Frente a ellos fueron apareciendo los contornos de la fría y estéril altiplanicie de Leng. Y aún más alto, se remontó la oscura hueste voladora, hasta que la misma altiplanicie comenzó a reducirse por debajo de ellos. Cuando tomaron rumbo al norte y sobrevolaron la espantosa meseta que barría el viento, Carter observó de nuevo, con un escalofrío de terror, el círculo de bastos monolitos y el achatado edificio sin ventanas que, como él sabía muy bien, albergaba a aquella blasfemia enmascarada de seda, de cuyas garras había logrado escapar tan milagrosamente. Esta vez no descendieron cuando la horda cruzó como una bandada de murciélagos sobre el desolado paisaje iluminado por el suave brillo de las hogueras, ni se detuvieron a mirar las horrendas contorsiones de los seres cornudos casi humanos que allí danzan y tocan sus instrumentos sin parar. En una oportunidad vieron un *shantak* que volaba bajo, planeando sobre la llanura, pero cuando este los descubrió lanzó un chillido estremecedor y se alejó hacia el norte, disparatadamente, presa de un pánico indescriptible.

Al anochecer, alcanzaron los escarpados picos grises que conforman la barrera de Inquanok y volaron alrededor de esas cuevas que se abren junto a las cumbres y que tanto temen los *shantaks*. Ante los insistentes gritos de los jefes de los gules, salió de cada madriguera una riada de negras alimañas cornudas que luego se comunicaron con los gules y con sus monturas por medio de asquerosos gestos. Tras una breve discusión, se concluyó que lo mejor sería ir hacia la helada inmensidad por el norte de Inquanok, ya que el camino por la meseta de Leng estaba inundado de trampas invisibles bastante desagradables inclusive para las descarnadas alimañas de la noche. Había además, algunos edificios semiesféricos levantados sobre unas extrañas lomas, sobre los cuales se concentran influencias del abismo que la tradición popular vincula con los Dioses Otros y con el caos reptante Nyarlathotep.

Las cornudas alimañas de la noche no tenían conocimiento de Kadath, solo que podía tratarse de una ciudad fabulosa y majestuosa que se encontraba más al norte, custodiada por los *shantaks* y por montañas esculpidas. Mencionaron ciertas anormalidades titánicas que se encontraban por aquellas regiones jamás exploradas y recordaron algunas vagas menciones a un reino donde la noche impera eternamente, pero no lograron añadir ningún dato concreto. Así que Carter y sus compañeros les agradecieron y, cruzando los más altos picos de granito que se levantan en los cielos de Inquanok, bajaron después bajo las fluorescentes nubes de la noche para observar de lejos las espantosas gárgolas que habían sido montañas, hasta que una gigantesca y terrible mano tallara en ella esa imagen del terror.

Sentadas sobre sus patas traseras, creaban un diabólico semicírculo. Sus bases se enterraban en la arena del desierto y sus mitras atravesaban las nubes luminosas. Sus formas de lobos bicéfalos y sus rostros enfurecidos eran siniestros, igual que sus patas derechas levantadas en gesto amenazador. Serias y perversas, resguardaban los límites del mundo de los hombres y vigilaban las fronteras del helado mundo del norte donde no existen los seres humanos. De sus espantosas profundidades surgieron los siniestros *shantaks*, colosales como elefantes, pero escaparon dando espeluznantes chillidos cuando descubrieron la vanguardia de alimañas descarnadas de la noche en el cielo nublado. El alado ejército voló sobre aquellas gárgolas gigantescas como montañas y sobre leguas y leguas de oscuro desierto donde jamás se había demarcado un solo trozo de tierra. Las nubes se fueron haciendo cada vez menos luminosas, hasta que finalmente Carter se vio rodeado de una absoluta oscuridad. Ello no hizo dudar a sus portadores, criados en las más negras cavernas de la tierra y desprovistos de ojos, que se valían de toda la superficie de sus resbaladizos y viscosos cuerpos para guiarse. Y volaron más y más alto, y atravesaron vientos de inusuales olores y sonidos de inquietante origen, envueltos siempre con la más cerrada oscuridad, y atravesaron tan extraordinarias distancias que Carter se preguntó si no habrían dejado atrás el País de los Sueños terrestres.

De repente, las nubes empezaron a perder firmeza y encontraron arriba de ellas estrellas espectrales. Abajo, todo seguía siendo oscuridad, pero los suaves destellos del firmamento parecían vibrar con un significado que nunca tuvieron en otro lugar. No es que las líneas dibujadas por las constelaciones fueran diferentes, sino que esas mismas formas conocidas parecían mostrar una significado que antes escondían. Todo llevaba hacia el norte, cada curva, cada astro del tachonado firmamento era parte de un inmenso trazado cuya función era orientar la mirada, y luego, al observador entero hacia un objetivo espantoso y oculto localizado más allá de la helada inmensidad que se desplegaba infinitamente frente a ellos. Carter observó hacia el este, donde la gran barrera de picachos cercaba las fronteras del país de Inquanok, y vio dibujada en el firmamento su figura mellada que ahora parecía más arruinada con sus profundas hendiduras y sierras fantásticamente extravagantes. Carter analizó con atención los bordes y las curvas de aquel extraño perfil, y sintió que este, igual que las estrellas, le obligaban a apresurarse hacia el norte.

Avanzaban a una velocidad prodigiosa, de forma que Carter tenía que esforzarse sobremanera para poder observar algún detalle, cuando de pronto percibió, justo sobre la línea de picos y recortado contra las estrellas, una masa oscura que avanzaba con un recorrido paralelo al que llevaba su propia expedición. Los gules lo habían notado igualmente y Carter los escuchó murmurar entre ellos. Por un momento le pareció que era un *shantak* gigantesco, un ejemplar de proporciones incomparablemente mayores a las de su propia especie. Pero no tardó en darse cuenta de que la figura que cruzaba por encima de las montañas no era ningún pájaro hipocéfalo. Su perfil dibujado contra las estrellas, aun difuso, recordaba más bien a una gigantesca cabeza mitrada, o a un par de cabezas unidas y enormes. Su rápido avance por el firmamento no parecía originarse en el impulso de unas alas. Carter no podía señalar de qué lado de las montañas avanzaba, pero no tardó en reconocer, cada vez que la altura de la cordillera descendía, de que la forma que había visto en un principio se alargaba hacia abajo en un cuerpo que cubría todas las estrellas.

Luego vino un insondable vacío en la cadena de montañas, donde los límites de la soberbia meseta de Leng se unían a la helada inmensidad por un gran desfiladero a través del cual resplandecían pálidamente las estrellas. Carter le puso especial atención a este vacío, porque en él podía observar la silueta entera de aquella cosa inmensa que avanzaba en un ondulante vuelo sobre las cumbres. Aquel objeto volador se había adelantado algo, y todos los ojos de la expedición se posaron atentos en la hendidura donde iba a aparecer entera la enorme silueta. Esta se acercó poco a poco por encima de las cúspides, reduciendo su avance como si hubiera notado que había dejado atrás al ejército de gules. Hubo otro minuto de suspenso, y luego, fugazmente, se mostró de lleno la esperada silueta. De los labios de los gules saltó un espantoso y enloquecedor grito que expresaba todo el terror cósmico. El viajero sintió en su alma un frío como no había sentido nunca. Aquella colosal y bamboleante silueta que sobresalía por encima de la cordillera era solo la cabeza —una doble cabeza mitrada— bajo la cual, con su insondable inmensidad, avanzaba dando saltos por el helado desierto, el cuerpo monstruoso al cual pertenecía. Gigantesco como una montaña, el monstruo caminaba de manera oculta y silenciosa. Su colosal figura era entre humana y de hiena, y al trotar, su par de cabezas tocadas con una mitra cónica se recortaba contra el firmamento hasta media altura del cenit.

Carter no llegó a desmayarse, ni tampoco dejó escapar ningún grito, porque era un soñador veterano. Pero miró hacia atrás y tembló de terror al observar que venían más cabezas monstruosas recortadas sobre los picos, avanzando sigilosamente detrás de la primera. Y, precisamente, detrás de ellos percibió que tres de las figuras esculpidas en la montaña, cuyos perfiles se delineaban sobre las estrellas del sur, caminaban lenta y pesadamente dando a sus mitras un vaivén de varios miles de kilómetros al mover sus cabezas. Las montañas talladas, pues, no habían permanecido —en el semicírculo del norte de Inquanok— inmóviles en su solemne postura con sus manos derechas extendidas hacia arriba. Tenían una misión que cumplir y no la habían abandonado. Pero era espantoso que no hablaran jamás y que no hicieran el mínimo ruido al caminar.

Entre tanto, el gul que fuera Pickman les dio una indicación a las descarnadas alimañas de la noche, y el ejército entero voló aún más alto en los aires. La columna subió velozmente hacia las estrellas, hasta que desaparecieron de su vista todas aquellas figuras recortadas contra el firmamento, tanto la inmóvil cordillera de granito gris como las caminantes montañas mitradas. Todo estaba muy oscuro abajo, y mientras, la voladora legión se dirigía hacia el norte entre frenéticos vientos y risas invisibles que surgían del éter. Y ni un *shantak* ni ninguna clase de ser menos deseable levantó el vuelo en las malignas inmensidades para seguirlos. Mientras más avanzaban, más rápido se hacía su vuelo, hasta que su vertiginosa velocidad fue mayor que la de una bala de rifle, acercándose a la de un planeta en su órbita. Carter se preguntaba cómo era posible que a esa velocidad aún tuvieran la tierra debajo de ellos, pero recordó que en el País de los Sueños, los espacios tenían extrañas propiedades. Estaba seguro de que se hallaban en una zona de noche eterna y se imaginó que las constelaciones de la bóveda celeste habían acentuado ligeramente su orientación hacia el norte, uniéndose todas allá arriba como para lanzar al ejército volador al vacío del polo boreal, de la misma forma que se aplastan los pliegues de un saco para recolectar de su fondo hasta el último grano de su contenido.

Entonces, con terror observó que las alas de las descarnadas alimañas de la noche habían dejado de aletear. Las cornudas criaturas sin rostro habían plegado sus apéndices membranosos y estaban totalmente pasivas en el caos tormentoso que giraba y reía mientras las arrastraba. Una fuerza extraterrestre había sorprendido al ejército, y los gules y las descarnadas alimañas de la noche se encontraban a merced de un irresistible remolino que los engullía hacia el norte de donde jamás ha vuelto mortal alguno. Finalmente, vieron una pálida y aislada luz en la línea del horizonte, la cual se fue elevando a medida que ellos se acercaban y bajo ella vieron desplegarse una masa negra que cubría las estrellas. Carter comprendió que debía ser algún faro ubicado sobre una montaña, ya que solo una montaña podía ser tan colosal como para verse desde tan portentosa altura.

La luz se fue alzando más y más, igual que la negrura que parecía sostenerla, hasta que la mitad del firmamento septentrional quedó cubierto por aquella masa cónica y rugosa. Aun cuando el ejército viajaba a una altura extraordinaria, aquel faro pálido y siniestro se levantaba por encima de él, asomando monstruosamente sobre todas las cúspides y demás accidentes de la tierra, hasta llegar al inconsistente éter donde fluctúan la misteriosa luna y los locos planetas. Aquella montaña que se levantaba frente a ellos no era ninguna de las observadas por el hombre. Las elevadas nubes de allá abajo no formaban sino una orla en torno a sus montes y el aire irrespirable de las capas más altas de la atmósfera no era sino una franja para sus costados. Aquel puente entre la tierra y el cielo se elevaba sombrío y altivo, lúgubre en la eterna noche, y estaba coronado por una corona de estrellas desconocidas cuyo horrible y significativo trazado se iba haciendo cada vez más evidente. Los gules gritaron aterrados al descubrirlo, y Carter se estremeció ante la posibilidad de que todo el veloz ejército se estrellara contra el impávido ónice de aquella ciclópea muralla.

Y la luz siguió elevándose más y más, hasta mezclarse con las esferas más elevadas del cenit, y titiló hacia ellos como en una señal de aterrador sarcasmo. Debajo de la luz pálida, solitaria, inaccesible, el norte no era más que una espesa oscuridad, una espantosa tiniebla de piedra que se levantaba desde profundidades infinitas a ilimitadas alturas. Carter analizó la luz con más atención y reconoció, por fin, las figuras y las líneas de la masa negra que se dibujaba sobre las estrellas del cielo. Eran unas torres que sobresalían en lo alto de aquel monte colosal, unas horribles torres coronadas por cúpulas distribuidas en infinitas filas y grupos, más fantásticas de lo que el hombre puede ser capaz de imaginar. Murallas y terrazas asombrosas y amenazantes, pero oscuras y minúsculas en la distancia, se dibujaban contra la estrellada corona que resplandecía maligna en el borde superior de aquella espantosa visión. Coronando aquel ilimitado conjunto de montañas se encontraba un castillo que sobrepasaba toda fantasía humana y en él resplandecía una perversa luz. Fue cuando Randolph Carter comprendió que el viaje llegaba a su fin, porque lo que estaba frente a él era el objeto de todas sus aventuras prohibidas y sorprendentes visiones: la fabulosa y extraordinaria mansión de los Grandes Dioses, levantada en lo más prominente de la ignorada *Kadath*.

En el instante en que se daba cuenta de esto, percibió Carter un cambio en el itinerario de su expedición, inexorablemente aspirada por el viento. Se estaban elevando violentamente y estaba claro que el destino de esta extraña travesía era el castillo de ónice donde resplandecía la pálida luz. Estaban tan cerca de la colosal montaña tenebrosa, que sus pendientes pasaban violentamente junto a ellos mientras ascendían y con la oscuridad no se podían distinguir en ellas ninguno de sus detalles. Más y más se elevaban las inmensas torres negras de aquel tenebroso castillo y Carter sintió que eran sacrílegas por su misma inmensidad. Sus sillares muy bien podían haber sido tallados por los abominables escultores de aquel horrible pozo abierto en la roca de la cúspide que viera en Inquanok, porque sus tamaños eran tales que a su lado un hombre parecía encontrarse en el pie de una de las más grandes fortalezas de la tierra. La corona de desconocidas estrellas resplandecía con un brillo pálido y apagado sobre las torres infinitas de altísimas cúpulas y propagaba una fantasmal penumbra alrededor de las oscuras murallas de reluciente ónice. Ahora se notaba que aquella pálida luz que habían visto de lejos no era sino una ventana iluminada en la más elevada de las torres, y mientras el indefenso ejército se acercaba a la cima de la montaña, a Carter le pareció reconocer unas inquietantes sombras que se movían lentamente en su interior. Tenía la ventana unos arcos muy especiales y su plano resultaba absolutamente desconocido en la Tierra.

La roca sólida dio paso entonces a las gigantescas bases del monstruoso castillo y la velocidad del grupo pareció reducirse un poco. Surgieron las erguidas murallas y luego apareció un amplio pórtico a través del cual fueron absorbidos los viajeros. En el titánico patio de armas reinaba la oscuridad, pero luego se hundieron en una oscuridad más espesa al caer la columna voladora en un portal de arcos extraordinarios. En la sombría oscuridad de aquellos laberintos de ónice se formaron remolinos de viento húmedo y frío y Carter nunca logró saber qué gigantescas escaleras y corredores cruzaron en aquella demencial carrera que parecía no terminar nunca. Una terrible fuerza que los arrastraba invariablemente hacia arriba y ni un sonido, ni un roce, ni un fugaz destello rasgó el pesado velo de aquel misterio. El ejército de gules y descarnadas alimañas de la noche era innumerable, pero aun así se perdía en los portentosos espacios de aquel castillo extraterrestre. Y cuando finalmente se encontró en el interior de la sorprendente habitación de la torre, cuya elevadísima ventana iluminada había servido de faro, Carter tardó mucho tiempo en reconocer las lejanas paredes y el distante techo que sostenían y en entender que no se hallaba en un espacio abierto e ilimitado.

Randolph Carter había tenido la intención de entrar en la sala del trono de los Grandes Dioses con seriedad y modestia, acompañado por las impresionantes filas de gules en riguroso orden de ceremonia, y de presentar su petición como un gran hombre, libre y poderoso entre los soñadores. Sabía que es posible relacionarse con los Grandes Dioses, pues estos no sobrepasan en poder a los mortales y había confiado en que los Dioses Otros y Nyarlathotep, el caos reptante, no vendrían a ayudarles en el momento decisivo, tal y como había ocurrido tantas veces cuando otros hombres trataron de alcanzar la morada de los dioses terrestres o sus montañas. Y gracias a su horrenda escolta había confiado en poder enfrentar incluso a los Dioses Otros si se daba el caso, pues los gules no tienen dueño ni señor y las descarnadas alimañas de la noche no respetan a Nyarlathotep, sino únicamente al arcaico Nodens. Pero ahora veía que la eminente Kadath, en el centro de la helada inmensidad, estaba rodeada por oscuras maravillas y centinelas sin nombre, y que los Dioses Otros observan atentamente a los benévolos y bondadosos dioses terrestres. Sin embargo, a pesar de no tener poder sobre gules y alimañas descarnadas, las malvadas y amorfas blasfemias de los espacios exteriores pueden castigarlos a ellos llegado el momento. Por lo tanto, no fue con los privilegios de libre y poderoso señor de soñadores como Randolph Carter llegó al salón del trono de los Grandes Dioses con su séquito de gules. Arrastrado por violentos torbellinos cósmicos en caótica confusión y perseguido por los invisibles horrores del infinito boreal, el ejército entero flotó atrapado e impotente en la violácea penumbra, hasta que cayó en el suelo de ónice cuando, obedeciendo a una orden muda, se disiparon los vientos del terror.

Randolph Carter no llegó ante ningún dosel dorado ni vio tampoco ningún círculo de venerables seres ungidos de rasgados ojos, largas orejas, fina nariz y barbilla puntiaguda, cuya similitud con el rostro tallado del Ngranek pudiera mostrarle como aquellos, a quienes debía orientar sus plegarias. Aparte de aquella solitaria habitación en lo alto de la torre, el castillo de ónice que dominaba Kadath estaba completamente a oscuras y sus moradores no estaban allí. Carter había llegado a la desconocida Kadath de la helada inmensidad, pero no había encontrado a sus dioses. No obstante, la desmayada luz resplandecía en aquella habitación de la torre de dimensiones inmensas, cuyas paredes y techo casi se perdían de vista en las nieblas de la distancia. Era evidente que los dioses terrestres no estaban allí, pero de alguna manera se percibían ciertas presencias menos visibles. Allí donde están ausentes los dioses bondadosos de la Tierra, los Dioses Otros no dejan de tener quien los represente. Y ciertamente, el castillo de los castillos de ónice estaba muy lejos de encontrarse deshabitado. Carter no podía ni imaginar qué atroces formas adoptaría el terror a continuación. Presentía que era esperada su visita y se preguntaba cuán cerca habría estado vigilándolo Nyarlathotep, el caos reptante. Porque es a Nyarlathotep, horror de infinitas formas y terrible espíritu, mensajero de los Dioses Otros, a quien veneran las fungosas bestias lunares. Y Carter recordó la galera negra que había desaparecido cuando las entidades lunares con cuerpo de sapo perdieron la batalla en la roca desgarrada que brota del mar.

Pensando en estas cosas, sentía temblar sus piernas en medio del ejército de pesadilla que lo acompañaba, y de repente, sin previo aviso, se escuchó en aquella habitación ilimitada y oscura el espantoso aullido de una trompeta infernal. Tres veces sonó aquella aterradora llamada de bronce y cuando se silenciaron los ecos de la tercera, Randolph Carter descubrió que estaba solo. No entendía cómo, adónde o por qué razón habían desaparecido los gules y las descarnadas alimañas de la noche. Solo sabía que se hallaba solo y que cualquiera que fuera el poder que acechaba invisible alrededor suyo, no pertenecían al sincero País de los Sueños de la Tierra. En este momento surgió un nuevo sonido de los últimos rincones de la estancia. Era también un sonido de trompeta, pero de naturaleza totalmente diversa a los roncos toques que habían desaparecido a su excelente cohorte. Era ahora una dulce melodía en la que vibraban todo el encanto y la maravilla de los sueños etéreos. Exóticos paisajes de absoluta belleza surgían de cada singular acorde y de cada delicada cadencia. Y el aroma de los inciensos se enlazaba con aquellas notas doradas. Y una gran luminiscencia se propagó por el espacio en círculos concéntricos de colores desconocidos en el espectro luminoso de la Tierra y cambiaban según el sonar de las trompetas componiendo fabulosas y armónicas sinfonías de luz. Unas antorchas brillaron a lo lejos y un batir de tambores se fue aproximando en medio de una atmósfera de tensa espera.

De las neblinas que se disolvían y de las nubes de raros inciensos surgieron dos columnas paralelas de esclavos negros cubiertos con taparrabos de seda iridiscente. Sobre la cabeza llevaban, en forma de cascos, antorchas de metal reluciente de las que brotaban los vapores de unos misteriosos perfumes. En la mano derecha llevaban unas varillas de cristal cuyo extremo superior exhibía la figura de una quimera, mientras en la mano izquierda empuñaban las largas trompetas de plata que hacían sonar. Todos usaban ajorcas y brazaletes unidos a una larga cadena de oro, lo cual los forzaba a marcar un paso lento y majestuoso. Lo primero que saltaba a la vista era que se trataba de auténticos hombres negros de la zona terrestre del País de los Sueños, pero se hacía menos evidente que aquellos ritos y aquellos trajes fueran de la Tierra. Las columnas se detuvieron a unos diez pasos de Carter, al mismo tiempo que sus integrantes se llevaban las trompetas a sus labios. El sonido que produjeron fue espiritual y salvaje, pero más salvaje fue el grito que surgió inmediatamente después de aquellas oscuras gargantas haciéndole estremecer.

Entonces, por el ancho pasillo que formaban las dos columnas, caminó una figura alta y delgada. Tenía el rostro de un hermoso faraón. Iba vestida con elegantes vestiduras prismáticas y coronada por una diadema dorada que parecía resplandecer con luz propia. Aquella figura majestuosa se acercó a Carter y su porte regio y nobles rasgos le imprimían el encanto de un dios de la oscuridad o de un arcángel caído, mientras que sus ojos parecían esconder el lánguido resplandor de un humor caprichoso. Entonces habló y en su armoniosa voz vibró la música salvaje de las corrientes de Leteo.

—Randolph Carter —dijo la voz—. Has venido a hablar con los Grandes Dioses, a quienes les está vedado tener tratos con los seres humanos. Los guardianes han venido a decirlo y los Dioses Otros han protestado mientras bailaban torpemente sus estúpidas danzas bajo el sonido de las flautas, en el vacío final donde habita el sultán de los demonios cuyo nombre no se ha mencionado jamás.

»El sabio Barzai escaló el Hatheg-Kla para ver danzar y aullar a los Grandes Dioses por encima de las nubes a la luz de la luna, y ya no regresó nunca más. Los Dioses Otros estaban allí e hicieron lo que corresponde. Zenig de Aphorat trató de alcanzar la desconocida Kadath de la helada inmensidad y ahora su cráneo decora el anillo del dedo meñique de alguien a quien no es menester nombrar aquí.

»Pero tú, Randolph Carter, has vencido todos los obstáculos de la zona terrestre del País de los Sueños y aún estás emocionado por el fuego de tu osadía. No has venido por curiosidad sino para cumplir con tu deber. Y no has dejado de venerar a los bondadosos dioses de la Tierra. No obstante, esos mismos dioses son los que te han separado de la maravillosa ciudad del sol poniente de tus sueños, y lo han hecho por miserable codicia, porque ciertamente deseaban conservar la fabulosa belleza de esa ciudad concebida por tu fantasía y han jurado que ningún otro lugar será su hogar en adelante.

»Y así, han dejado este castillo que tienen en la ignorada Kadath para asentarse en tu extraordinaria ciudad. Y durante el día, allí recorren el palacio de mármol veteado y cuando se pone el sol, salen a los olorosos jardines para observar el dorado esplendor de los templos y columnatas, los arcos de los puentes y los surtidores de plata de las fuentes, las grandes avenidas cercadas de cántaros cubiertos de flores y las filas de relucientes estatuas de marfil. Y cuando llega la noche, suben hasta las altas terrazas y allí se sientan a la intemperie, en los bancos de pórfido a examinar las estrellas, o se reclinan sobre las blancas barandas a contemplar el desordenado perfil de los techos y a ver cómo se van encendiendo, una a una, las ventanitas de los antiguos y agudos portales con la cálida y amarillenta luz de las velas.

»A los dioses les agrada tu maravillosa ciudad y han olvidado sus maneras de dioses. Han desdeñado las altas regiones de la Tierra y aquellas montañas que los habían visto de jóvenes. La Tierra ahora no tiene dioses que sean propiamente dioses y solamente los Dioses Otros de los espacios exteriores rigen la inmemorable Kadath. En el lejano valle de tu juventud, Randolph Carter, ahora juegan sin tormentos los Grandes Dioses. Has soñado demasiado bien, ¡oh, prudente soñador! Has logrado que los dioses del sueño se separen del mundo de las visiones comunes a todos los hombres, para asentarse en un universo que es completamente tuyo. Y de los pequeños sueños de tu niñez, has sabido construir una ciudad más hermosa que todas las quiméricas fantasías surgidas hasta ahora.

»No es bueno que los dioses de la Tierra dejen sus tronos para que la araña hile en ellos su tela y los Dioses Otros gobiernen a su horrible manera. Y no dudarán los poderes exteriores en arrastrarte al caos y al horror, Randolph Carter, ya que eres la razón de su intranquilidad, si no supieran que tú eres el único que puede lograr que los dioses regresen a su mundo. En esa zona semidespierta del País de los Sueños que te pertenece no puede penetrar ningún poder de las oscuras tinieblas y solo tú puedes convencer gentilmente a los Grandes Dioses para que dejen tu maravillosa ciudad del sol poniente, a través de la región crepuscular del norte, y que regresen al lugar que les corresponde: a la cúspide de la ignorada Kadath, de la helada inmensidad.

»De manera que Randolph Carter, en nombre de los Dioses Otros, te perdono y te exijo a que cumplas puntualmente lo que te ordene. Y mi orden es que busques tu propia ciudad del sol poniente y que envíes acá a los revoltosos y aletargados dioses a quienes espera el mundo de los sueños. No será difícil para ti descubrir ese rosado deseo de los dioses, esa fantasía de celestiales trompetas, ese clamor de campanas inmortales, ese lugar encantador que te han hecho buscar por los espacios del mundo despierto y por los abismos del sueño, martirizándote con insinuaciones de evanescentes recuerdos, con el dolor de las cosas perdidas, importantes y espantosas. No te será difícil encontrar ese símbolo, esa reliquia de tus días de ensueño, porque en verdad, no es sino la joya indestructible y perpetua donde toda fantasía brilla cristalizada, alumbrando tu camino nocturno. ¡Escucha!, no es a través de mares desconocidos por donde debes orientar tus pasos, sino a través de años conocidos y pasados hacia las visiones resplandecientes de tu infancia, hacia aquellas vivencias empapadas de sol y de magia que los viejos paisajes despiertan en una mirada joven.

»Debes saber que tu dorada y marmórea ciudad de ensueño no es sino la suma de todo lo que has visto y amado desde tu infancia. Está construida con el esplendor de los tejados puntiagudos de Boston y las ventanas de poniente inflamadas por los últimos rayos del sol, con el aroma de las flores del Common, con la gran cúpula levantada en lo alto de la cuesta y el laberinto de desvanes y chimeneas que se alzan en el valle violáceo donde el Charles corre lentamente por debajo de los infinitos puentes. Todas estas cosas percibiste, Randolph Carter, cuando tu nodriza te sacó a pasear un día de primavera por primera vez y será lo último que verás con ojos de amor y añoranza. Y tiene, también, la imagen de Salem y su sombría historia, y la de la espectral Marblehead que escaló pedregosos abismos en los siglos del pasado, y el glorioso brillo de las torres de Salem y de los campanarios que se ven a lo lejos desde las praderas de Marblehead y desde el puerto detrás del cual siempre cae el sol.

»Y la ciudad de tu sueño también está hecha de la fabulosa y distinguida Providencia con sus siete colinas alrededor del puerto azul, con sus terrazas de hierba que llevan a campanarios y ciudadelas de una antigüedad que aún vive, y de Newport, que se alza fantasmal desde su rompeolas. Y de Arkham con sus techos invadidos por el musgo y sus prados sinuosos y pétreos. Y de la prehistórica Kingsport, blanqueada por los años, ciudad de incontables chimeneas, desiertos muelles, torcidas buhardillas y de sus maravillosos acantilados sobre el mar, y del océano cubierto de brumas lechosas en cuyas aguas se mecen las tintineantes boyas.

»En tu ciudad están los helados valles de Concord, las empedradas callejuelas de Portsmouth, los rústicos y sombríos caminos de New Hampshire, cuyos olmos gigantescos casi esconden las blancas paredes de las viejas granjas y los techos caídos de los pozos. Están los salitrosos muelles de Gloucester y los sauces azotados por el viento de Truro. Están los paisajes con lejanos pueblitos y torres de campanario y los montes que se levantan tras las colinas a lo largo de la costa del Norte y las serenas laderas rocosas y las cabañas bajas vestidas de hiedra, construidas al abrigo de los enormes farallones que se alzan en la región septentrional de Rhode Island. Están el olor a mar, la fragancia de los campos, la magia de los bosques oscuros y la alegría de los huertos y jardines al amanecer. Todas estas cosas, Randolph Carter, son tu ciudad, porque todas ellas son tu mismo ser. Nueva Inglaterra te ha dado la vida y ha derramado en tu espíritu un límpido encanto que no puede morir. Este encanto, moldeado, cristalizado y bruñido por los años de recuerdos y de ensueños compone la misma esencia de tus maravillosas terrazas y tus puestas de sol. Y para hallar ese antepecho de mármol decorado con extraños jarrones y barandas esculpidas, y para bajar finalmente por esas escaleras deslumbrantes hasta las amplísimas plazas y las prismáticas fuentes de tu ciudad, solo necesitas retroceder a los pensamientos y visiones de tu juventud plagada de anhelos.

»¡Mira! A través de esa ventana resplandece la luz inmortal de las estrellas. Pues esa misma luz fulgura ahora sobre los paisajes que has conocido y estimado, y se alimenta de sus encantos para resplandecer con más belleza sobre los jardines del sueño. Mira, allá está Antarés, que en este momento brilla también sobre los techos de Tremont Street. Tú podías verla desde tu ventana de Beacon Hill. Y más allá de esas estrellas se despliegan los abismos desde donde he sido enviado por mis amos carentes de alma. Algún día tú también podrás atravesar esos espacios, pero si eres prudente, te cuidarás de no cometer tal insensatez, porque de todos los seres humanos que han estado allí y han vuelto, solo uno mantiene sano su entendimiento tras los hirientes y dolorosos horrores del vacío. Horrores y blasfemias se devoran unos a otros en el espacio y en los más pequeños hay más maldad que en los más grandes. Pero esto ya lo sabes por las acciones de quienes han intentado traerte hasta mí, mientras que yo ni siquiera tenía intención alguna de hacerte el menor daño y te habría ayudado hace mucho tiempo a llegar hasta aquí de no haber estado atareado en otros servicios y de no haber tenido la seguridad de que hallarías el camino por ti mismo. Evita, pues, los infiernos exteriores y céntrate en las cosas tranquilas y hermosas de tu juventud. Encuentra tu maravillosa ciudad y desaloja de ella a los perezosos Grandes Dioses. Persuádelos para que regresen a los contextos de su propia juventud, donde se espera con inquietud su regreso.

»Pero aún más fácil que el impreciso camino de los recuerdos es el que voy a preparar para ti. ¡Mira! Ahí viene un monstruo *shantak* guiado por un esclavo que, para no alterar tu espíritu, ha sido obligado a permanecer invisible. Monta y prepárate. ¡Ya! Yogash el negro te ayudará a cabalgar sobre este pájaro repugnante. Oriéntate hacia la estrella más brillante que veas junto al sur del horizonte: es Vega. Y dentro de dos horas te encontrarás en una terraza de tu ciudad del sol poniente. Pero solo viajarás en esa dirección hasta que escuches una lejana canción en lo alto del vacío. Más arriba acecha la locura, así que contén al *shantak* en cuanto te sientas atraído por la primera nota de esa canción. Mira entonces hacia la Tierra, y verás brillar el fuego inmortal del altar de Ired-Naa que se levanta en la terraza sagrada de un templo. Ese templo se localiza en tu deseada ciudad del sol poniente, así que ve hacia él antes de que empieces a prestar atención a esos cánticos porque de otra forma estarás perdido.

»Cuando ya estés llegando a la ciudad, busca el alto terraplén desde donde observabas el resplandeciente espectáculo en tiempos pasados y castiga al *shantak* hasta que lo oigas chillar. Los Grandes Dioses, sentados en las olorosas terrazas, lo escucharán y al reconocer el chillido, sentirán tanta nostalgia y añoranza que ninguno de los encantos de tu ciudad los consolará de la ausencia de su lúgubre castillo de Kadath y de la diadema de estrellas que lo corona.

»Entonces aterrizarás entre ellos con el *shantak* y los dejarás ver y tocar el horrendo pájaro hipocéfalo, a la vez que les hablarás de la ignorada Kadath, de la que tan poco tiempo hace que habrás salido. Y les contarás lo hermoso y oscuros que son los salones del castillo donde ellos solían saltar y gozar rodeados de un halo glorioso. Y el *shantak* les hablará al modo de los *shantak*, pero nada los convencerá tanto como el recuerdo de los tiempos pasados.

»Una y otra vez deberás hablar con los errabundos Grandes Dioses de su hogar y de su juventud, hasta que finalmente comiencen a sollozar y te pidan que les muestres el camino de regreso, pues ellos lo han olvidado. Entonces puedes desprenderte del *shantak* y enviarlo hacia el cielo, y él lanzará al aire la llamada de su especie. Al escucharla, los Grandes Dioses comenzarán a dar saltos y cabriolas y, recuperando su antiguo gozo, se lanzarán detrás del pájaro repugnante volando como vuelan los dioses, y cruzarán los profundos abismos del cielo hasta alcanzar sus familiares torres y cúpulas de Kadath.

»Entonces, la maravillosa ciudad del sol poniente será tuya y podrás habitarla y gozar de ella para siempre. Y otra vez los dioses de la Tierra gobernarán los sueños de los hombres desde su mansión habitual. Vete ahora. La puerta está abierta y las estrellas esperan en el exterior. Tu *shantak* jadea y resopla con impaciencia. Vuela hacia Vega a través de la noche, pero cambia tu rumbo cuando escuches los primeros cánticos. No olvides mi consejo, no vayas a ser atraído por horrores inconcebibles hacia un abismo de locura. Acuérdate de los Dioses Otros, son inmensos y terribles, no tienen alma y vigilan en los vacíos exteriores. Ellos son los dioses que de cualquier manera tienes que evitar.

» "¡Hei! ¡Aa-shanta'nygh! ¡Eres libre! Devuelve los dioses terrestres a la vivienda que poseen en la ignorada Kadath y ruega al espacio que jamás vuelvas a verme en ninguna de mis otras mil encarnaciones. ¡Adiós, Randolph Carter, y guárdate de mí, *porque yo soy Nyarlathotep, el caos reptante!*".

»Y Randolph Carter, perplejo y turbado, salió disparado hacia el espacio en lomos de su *shantak*, hacia el azul y frío pestañeo de Vega. Se volvió y miró hacia atrás y observó la incoherente confusión de torres de aquel espejismo hecho ónice, donde todavía brillaba el violáceo resplandor solitario de la ventana por encima del aire y de las nubes del espacio terrestre del País de los Sueños. Junto a él cruzaron horrores enormes en forma de pólipos, y oyó los aleteos de una bandada de invisibles murciélagos, pero continuó agarrado a la asquerosa crin de aquel repugnante e hipocéfalo pájaro escamoso. Las estrellas danzaban alegres y a cada instante parecían cambiar de posición para formar unos signos fatídicos que casi se podían descifrar aun cuando no se hubieran visto nunca y los vientos inferiores ululaban permanentemente en las indefinidas tinieblas y en los desiertos de más allá del universo.

De pronto, de la bóveda radiante que lo envolvía emergió un silencio premonitorio y todos los vientos y horrores desaparecieron como desaparecen las sombras de la noche con las luces del alba. En temblorosas oleadas de luz sobrenatural, comenzaron a hacerse audibles las primeras señales de una canción lejana cuyos ahogados acordes eran ajenos a nuestro universo. Y cuando estos acordes aumentaron, el *shantak* levantó las orejas y se lanzó hacia adelante y Carter también se inclinó para oír aquella hechizante melodía. Era una canción, pero una canción que no venía de voz alguna, una canción que entonaban la noche y las esferas, y que ya era anciana cuando nacieron el espacio, Nyarlathotep y los Dioses Otros.

El *shantak* apuró el vuelo y su jinete se inclinó aún más, ebrio de visiones de insondables abismos, preso en remolinos de cristal de un poder ultraterreno. Luego, ya demasiado tarde, recordó la advertencia, el punzante aviso que le diera el diabólico emisario previniéndolo contra la locura que se esconde en esa canción. Solo para burlarse de él Nyarlathotep le había mostrado el camino de la salvación que conduce hacia la maravillosa ciudad del sol poniente, solo para mofarse de él, el negro mensajero le había confesado el secreto de los juguetones dioses terrestres, donde tan fácilmente podría haber llegado Carter. Pero la demencia y la brutal venganza del vacío son los únicos favores que Nyarlathotep le concede a los presuntuosos. Aunque el jinete se esforzaba por hacer que su asquerosa montura diera media vuelta, el *shantak*, riendo y batiendo sus grandes alas viscosas con malvado gozo, continuaba su arrebatada carrera hacia esos pozos sacrílegos donde jamás llega ningún sueño, hacia esa turbulencia sin forma y final de la más oscura confusión donde babea y maldice en el centro del infinito el estúpido monarca de los dominios, Azathoth, cuyo nombre nunca se atrevió boca alguna a pronunciar.

Sin desviarse ni un poco, obediente a los órdenes del infame mensajero de los Dioses Otros, aquel pájaro infernal se lanzaba por entre las multitudes de seres sin forma que vigilan y se retuercen en las tinieblas, por entre manadas de necias entidades que van sin rumbo en el espacio exterior, tocando y arañando y arañando y tocando, larvas aborrecibles que son de los Dioses Otros y que como ellos no poseen ojos ni espíritu, y están poseídas de una sed y un hambre infinitas.

Firme siempre y sin desviarse un ápice, riendo bullicioso al oír las burlas y las carcajadas cósmicas en que se había transformado la canción de la noche y las esferas, aquel pájaro escamoso e inflexible transportaba a su desamparado jinete. Con la velocidad de un meteoro desgarró el límite extremo de los pozos exteriores. Atrás quedaron las estrellas y los distintos gobiernos de la materia y cruzó el vacío sin forma, más allá del tiempo, hacia las asombrosas grutas donde, en la total oscuridad, ríe Azathoth —insaciable e indefinido— al ritmo sordo y espeluznante de unos perversos tambores y unas flautas abominables de tenue y monótono sonido.

Adelante seguía el viaje espeluznante, a través de unos abismos colmados de gritos cósmicos y poblados de oscuros seres sin nombre... Y entonces, en la mente del predestinado Randolph Carter surgió una imagen y un pensamiento venidos desde algún vaporoso y lejano lugar de paz. Nyarlathotep había pensado demasiado bien su burla y su tormento al despertarle aquellos recuerdos que ni la más espantosa experiencia podría borrar totalmente de su alma: su casa, Nueva Inglaterra, Beacon Hill, su mundo despierto.

"Debes saber que tu dorada y marmórea ciudad de ensueño no es sino la suma de todo lo que has visto y amado desde tu infancia. Está construida con el esplendor de los tejados puntiagudos de Boston y las ventanas de poniente inflamadas por los últimos rayos del sol, con el aroma de las flores del Common, con la gran cúpula levantada en lo alto de la cuesta y el laberinto de desvanes y chimeneas que se alzan en el valle violáceo donde el Charles corre lentamente por debajo de los infinitos puentes... Este encanto, moldeado, cristalizado y bruñido por los años de recuerdos y de ensueños compone la misma esencia de tus maravillosas terrazas y tus puestas de sol. Y para hallar ese antepecho de mármol decorado con extraños jarrones y barandas esculpidas, y para bajar finalmente por esas escaleras deslumbrantes hasta las amplísimas plazas y las prismáticas fuentes de tu ciudad, solo necesitas retroceder a los pensamientos y visiones de tu juventud plagada de anhelos."

El viaje proseguía adelante, adelante, siempre adelante, a una velocidad portentosa en dirección al destino final, a través de las sombras donde unas entidades ciegas palpan el espacio con sus tentáculos y husmean con sus hocicos viscosos mientras otros seres detestables ríen y ríen desenfrenadamente. Sin embargo, aquella imagen y aquel pensamiento habían surgido en la mente de Randolph Carter y este reconoció claramente que estaba soñando y solo soñando, y que en algún lugar aún existía el mundo despierto y la ciudad de su infancia. Volvió a recordar las palabras, "Solo necesitas retroceder a los pensamientos y visiones de tu juventud plagada de anhelos". Retroceder… retroceder… La oscuridad lo envolvía por todas partes, pero Randolph Carter pudo retroceder.

Pese a encontrarse casi paralizado por el vértigo que adormecía sus sentidos, Randolph Carter pudo moverse y dar la vuelta. Había recobrado el movimiento y si quería podía saltar del maligno *shantak* que lo conducía fatalmente hacia el destino señalado por Nyarlathotep. Podía saltar y desafiar aquellas tenebrosas profundidades que se abrían a sus pies, cuyos horrores no superarían en horror al destino inexpresable que lo esperaba agazapado en el corazón del mismo caos. Podía dar la vuelta y moverse y saltar de su montura… y quería hacerlo… quería… quería…

Y entonces, el predestinado soñador saltó de la enorme abominación hipocéfala y cayó por los vacíos infinitos de penetrante oscuridad. Vertiginosamente se devanaron millones y millones de años, se consumieron los universos y nacieron otra vez, se fundieron las estrellas en oscuras nebulosas y las nebulosas se hicieron estrellas... y Randolph Carter siguió cayendo por vacíos ilimitados de palpitante oscuridad.

Luego, en el sinuoso y lento curso de la eternidad, el máximo cielo del universo llegó al término de una de sus extinciones y todas las cosas volvieron a ser nuevamente como habían sido incontables *kalpas* antes. La materia y la luz nacieron una vez más, tal como habían sido antes en el espacio. Y los cometas, los soles y los mundos se lanzaron inflamados a la vida, pero nada sobrevivió para atestiguar que habían existido y habían desaparecido después, que habían existido y dejado de existir, una y otra vez desde siempre, sin un primer principio ni un último fin.

Y nuevamente surgieron un firmamento, y un viento, y un resplandor de luz purpúrea frente a los ojos del soñador que seguía cayendo. Y aparecieron dioses, y presencias, y voluntades que se hacían obedecer, y la belleza y la maldad, y el grito ululante de la noche maligna privada de su presa. Porque, a través del desconocido ciclo final, había perdurado un pensamiento y una visión que pertenecían a la juventud de un soñador, y alrededor de esa visión y de ese pensamiento se habían reconstruido un mundo despierto y una vieja y amable ciudad que los encarnaba y justificaba. El gas violeta S'ngac había señalado el camino y el antiguo Nodens había gritado desde profundidades insospechadas la dirección más conveniente.

Las estrellas dieron paso a amaneceres y los amaneceres reventaron en mil fuentes de oro, carmín y púrpura y el soñador aún seguía cayendo. Horribles gritos desgarraron el vacío en el momento en que extraordinarios haces de luz resplandeciente dispersaban a los demonios del exterior. Y el anciano Nodens lanzó un aullido de triunfo cuando Nyarlathotep, cercano a su presa, se detuvo desconcertado por un resplandor que transformaba en polvo gris los cuerpos sin forma de sus horribles perros de caza. Randolph Carter había descendido finalmente las infinitas escaleras de mármol y se encontraba en su maravillosa ciudad. Porque, efectivamente, había regresado otra vez al mundo limpio y puro de la Nueva Inglaterra que le había dado la vida.

Y así, bajo los acordes de los mil susurros matinales, bajo la inflamada luz de la aurora que teñía de púrpura los cristales de la inmensa cúpula dorada de State House en lo más alto de la ciudad, Randolph Carter saltó gritando de su cama en su habitación de Boston. Los pájaros cantaban en jardines ocultos y el aroma de las enredaderas subía de los cobertizos que había construido su abuelo. Luz y belleza brillaban en la chimenea de cornisa tallada y en las paredes decoradas con grotescas figuras. Un gato negro y brillante se levantó bostezando del sueño hogareño que la agitación y el grito de su dueño habían interrumpido. Y a una distancia infinita de infinitos, más allá de la Puerta del Sueño Profundo, del bosque encantado, del país de los jardines, del Mar Cerenario, y de los límites crepusculares de Inquanok,

Nyarlathotep, el caos reptante, entró ceñudo en el castillo de ónice que se alza en la cúspide de la ignorada Kadath, en la helada inmensidad, e insultó furioso a los bondadosos dioses de la Tierra, a quienes acababa de arrancar violentamente de las terrazas perfumadas de la maravillosa ciudad del sol poniente.